文化自信自强丛书

怎样坚持以人民为中心的创作导向

任初轩 编

人民日报出版社
北京

图书在版编目 (CIP) 数据

怎样坚持以人民为中心的创作导向 / 任初轩编 . — 北京 : 人民日报出版社 , 2023.1

ISBN 978-7-5115-7697-2

Ⅰ . ①怎… Ⅱ . ①任… Ⅲ . ①文艺创作 – 文艺方针 – 研究 – 中国 Ⅳ . ① I200

中国国家版本馆 CIP 数据核字（2023）第 002189 号

书　　名：怎样坚持以人民为中心的创作导向
ZENYANG JIANCHI YI RENMIN WEI ZHONGXIN DE CHUAGNZUO DAOXIANG

编　　者： 任初轩

出 版 人： 刘华新
策 划 人： 欧阳辉
责任编辑： 谢广灼
装帧设计： 新成博创 XIN CHENG BO CHUANG

出版发行： 人民日报出版社
社　　址： 北京金台西路 2 号
邮政编码： 100733
发行热线：（010）65369509　65369527　65369846　65363528
邮购热线：（010）65369530　65363527
编辑热线：（010）65369521
网　　址： www.peopledailypress.com
经　　销： 新华书店
印　　刷： 大厂回族自治县彩虹印刷有限公司
法律顾问： 北京科宇律师事务所　（010）83622312

开　　本： 710 毫米 ×1000 毫米　1/16
字　　数： 168 千字
印　　张： 15.25
版次印次： 2023 年 2 月第 1 版　2023 年 2 月第 1 次印刷

书　　号： ISBN 978-7-5115-7697-2
定　　价： 48.00 元

前　言

源于人民、为了人民、属于人民，是社会主义文艺的根本立场，也是社会主义文艺繁荣发展的动力所在。习近平总书记在党的二十大报告中强调："坚持以人民为中心的创作导向，推出更多增强人民精神力量的优秀作品，培育造就大批德艺双馨的文学艺术家和规模宏大的文化文艺人才队伍。"

文化兴则国家兴，文化强则民族强。中国共产党是具有高度文化自觉的党，党的百余年奋斗凝结着我国文化奋进的历史。中国共产党从成立之日起就把建设民族的科学的大众的中华民族新文化作为自己的使命，积极推动文化建设和文艺繁荣发展。社会主义文艺，从本质上讲，就是人民的文艺。以人民为中心的创作导向，是中国共产党文艺思想的核心精神和理念。

人民是历史的创造者，也是时代的创造者。党员干部特别是领导干部一定要充分认识到，人民是文艺之母。文学艺术的成长离不开人民的滋养，人民中有着一切文学艺术取之不尽、用之不竭的丰沛源泉。要带头对人民创造历史的伟大进程给予最热情的赞颂，对一切为中华民族伟大复兴奋斗的拼搏者、一切为人民牺牲奉献的英雄们给予最深情的褒扬。要深入人民群众、了解人民的辛勤劳动、感知人民的喜怒哀乐，把自己的思想倾向和情感同人民群众融为一体，把心、情、思沉到人民之中，同人民一道感受时代的脉搏、生命的光彩，为时代和人民放歌。

人民需要文艺，文艺需要人民，文艺要热爱人民。党员干部特别是领导干部要带头坚守人民立场，书写生生不息的人民史诗。要把满足人民精神文化需求作为文艺和文艺工作的出发点和落脚点，把人民作为文艺表现的主体，把人民作为文艺审美的鉴赏家和评判者，把为人民服务作为文艺工作者的天职。坚持以人民为中心的创作导向，把人民放在心中最高位置，把人民满意不满意作为检验艺术的最高标准，创作更多满足人民文化需求和增强人民精神力量的优秀作品，让文艺的百花园永远为人民绽放，为繁荣发展文艺事业、推进文化自信自强、建设社会主义文化强国贡献力量。

人民日报出版社汇编《怎样坚持以人民为中心的创作导向》一书，期待帮助党员干部特别是领导干部更好坚持以人民为中心的创作导向，繁荣创作、服务人民。由于时间仓促，汇编过程中难免挂一漏万，敬请读者指正，以期不断完善。

目 录

01

开创新时代文艺的壮阔天地

铁　凝

阳光浩荡地照在2021年岁末的北京，未来会记住那个明亮而温暖的日子。12月14日，文艺工作者代表和特邀嘉宾等约3000人相聚在北京人民大会堂。这是文艺的盛会，是中国文艺工作者的盛大节日。习近平总书记来到我们中间，与大家交心谈心，擘画新时代文艺的宏伟蓝图，指引新时代文艺的发展方向。

站在中国共产党成立一百周年的重要历史时刻，习近平总书记高度评价中国文艺在中国共产党的坚强领导下走过的历史道路，高度肯定中国文艺工作者对中华民族伟大复兴事业作出的重要贡献。习近平总书记指出：“一百年来，在党的领导下，广大文艺工作者坚持与时代同步伐，与人民同呼吸、共命运、心连心，高擎民族精神火炬，吹响时代前进号角，矢志不渝投身革命、建设、改革事业，用丰富的文艺形式，激励受剥削受压迫的劳苦大众浴血奋战、百折不挠，激励站起来的中国人民自力更生、发愤图强，激励改革开放大潮中的亿万人民解放思想、锐意进取，激励新时代的中国人民自信自强、守正创新，为增强人民力量、振奋民族精神发挥了重要作用。”回望百年历史，一代又一代文艺工作者在中华大地上，倾力投身改天换地的人间奇迹，心怀云蒸霞蔚气象万千的远方，充满想象力与创造力地书写着中国人民和中华民族的英雄史诗。历史雄辩地证明，文艺事业是党和人民的重要事业，文艺战线是党和人民的重要战线。一百年来，中国文艺所走过的道路，是以马克思主义为指导、符合中国国情和文化传统、高扬人民性的文艺发展道路。历史还将证明，新时代的文艺工作者将在这条道路上勇毅前行，开创新时代文艺的壮阔天地。

习近平总书记在中国文联十一大、中国作协十大开幕式上的重要讲话，是站在新时代新征程的历史方位上，站在中华民族伟大复兴战略全局和世界百年未有之大变局的历史高度上，向中国广大文艺工作者发出的动员令。讲话高瞻远瞩、语重心长、催人奋进，凝聚着习近平总书记对文艺事业、文艺规律、文艺发展道路的深邃思考，闪耀着马克思主义真理的光芒，是做好新时代新征程文艺工作的根本遵循和行动指南。习近平总书记号召广大文艺工作者“增强文化自觉、坚定文化自信，以强烈的历史主动精神，积极投身社会主义文化强国建设”“在培根铸魂上展现新担当，在守正创新上实现新作为，在明德修身上焕发新风貌，用自强不息、厚德载物的文化创造，展示中国文艺新气象，铸就中华文化新辉煌”。这是对文艺事业的巨大鼓舞，对文艺工作者的殷殷嘱托。这一刻，号角已经吹响，方向已经明确。我们坚信，我们的责任、使命与担当已铭刻在新的历史方位上，标记在新的艺术征程中。每一位心怀壮志的中国作家艺术家，对艺术的忠诚必定是对祖国和人民的忠诚，对艺术使命的担当必定是对民族大业的担当，对艺术的追求必定是对民族光辉前景的追求。在新时代新征程上，广大文艺工作者初心不改，使命在肩，必将为构筑新时代文艺事业贡献光与热、谱写新华章。

开创新时代文艺的新天地，就是要把文艺创造写到民族复兴的历史上、写在人民奋斗的征程中。一百年来，中国共产党团结带领中国人民，浴血奋战、百折不挠，自力更生、发愤图强，解放思想、锐意进取，自信自强、守正创新，创造了中国式现代化新道路，创造了人类文明新形态。党的十八大以来，以习近平同志为核心的党中央，以伟大的历史主动精神、巨大的政治勇气、强烈的责任担当，统筹国内国际两个大局，贯彻党的基本理论、基本路线、基本方略，统揽伟大斗争、伟大工程、伟大事业、伟大梦想，推动党和国家事业取得历史性成就、发生历史性变革。秉持强烈的历史主动精神，我们走出了一条符合中国国情的发展道路，开辟了中国特色社会主义新境界。文艺不仅在人民创造历史的斗争中获得内容和形式，更是创造历史的伟大斗争的力量，是凝聚人、引导人、激励人、塑造人的时代号角。生逢伟大时代，我们不仅要有身处壮阔历史中的自知自觉，更要提得起、握得住手中的艺术之笔，以准确深刻的笔触和对人民最深挚的情感书写这伟大的时代与时代的伟大。正在发生的壮举奇迹与动人故事是文学艺术获得生命力的源泉。让我们成为一条小河、一支溪水，成为河流溪水中的那一滴水，与无数的溪水河流一道，汇集成大江大海的浩浩汤汤。广大文艺工作者要以强烈的历史主动精神，以清醒的历史自觉和坚定的历史自信，投入铸就新时代文艺高峰的伟业中，在创造与实践中增强文化自觉、坚定文化自信，彰显文艺工作的价值，铸就文艺事业的辉煌。

习近平总书记指出："广大文艺工作者要树立大历史观、大时代观，眼纳千江水、胸起百万兵，把握历史进程和时代大势，反映中华民族的千年巨变，揭示百年中国的人间正道，弘扬以爱国主义为核心的民族精神和以改革创新为核心的时代精神，弘扬伟大建党精神，唱响昂扬的时代主旋律。"树立大历史观、大时代观，要求我们站在把握中华民族伟大复兴的战略全局和世界百年未有之大变局的高度，客观、全面、深邃、辩证地看待历史和现实，准确把握历史的走向，深刻判断现实在历史中的位置和价值。树立大历史观、大时代观，要求我们不仅看见脚下和眼前，还要望向历史的纵深处与延长线，在更为宏大的历史坐标系中看到"我"之外的广阔天地，看见历史长河中的"我"和"我们"，探寻历史运行的规律，勘察人世变迁的奥秘。有了这样的大历史观与大时代观，我们才能在纷繁复杂的生活表象与喧嚣的信息洪流中深刻把握社会的内在结构，于风起云涌和沧海桑田中清醒、清楚、清晰地认知我们所处的历史方位，回答"我是谁、为了谁、依靠谁"以及如何完成艺术使命、担当历史重任的重要问题。由此而来的作品，才能既着眼于总体性的社会实践，又能落实到具体而微的日常生活；既有着创作者个人真切的生命体验，又具备普遍性的认知视野与情感结构；可以从生活的静水深流中窥见时代的波澜壮阔，从现实的纷繁复杂中辨析历史的节奏与步伐，见历史之大势，发时代之先声。

开创新时代文艺的新天地，要求广大文艺工作者坚守人民立场，书写生生不息的人民史诗。江山就是人民、人民就是江山。中国共产党根基在人民、血脉在人民、力量在人民。中国共产党在团结带领中国人民的伟大实践中，始终坚持人民立场、人民至上，始终保持同人民群众的血肉联系，这也明确了中国革命文艺和社会主义文艺的根本性质和方向。源于人民、为了人民、属于人民，是社会主义文艺的根本立场，也是社会主义文艺繁荣发展的动力所在。“人民”始终鲜明地镌刻在中国文艺的旗帜上，为中国文艺指引着前进的方向。人民是文艺之母，广大文艺工作者只有坚持以人民为中心的创作导向，把人民放在心中最高位置，在人民的历史创造中进行文艺的创造，才能在人民的进步中造就文艺的进步。

生活就是人民，人民就是生活。在新时代新征程上，人民火热而生动的实践是智慧、胆识与勇气的凝结。广大文艺工作者只有将目光投向人民丰富生动的实践，体察人民澎湃细微的情感，才能敏锐捕捉生活的真谛，深刻把握生活的本质。观照人民的生活现实与情感方式，我们的文艺作品才能真正地走进并留在人民心上，才能在这个时代再一次获得深挚、庄严、感人至深的力量，才能在时间与历史中获得应有的位置与荣光。

习近平总书记在讲话中强调文艺工作者对人民的感情和态度，指出：“广大文艺工作者不仅要让人民成为作品的主角，而且要把自己的思想倾向和情感同人民融为一体，把心、情、思沉到人民之中，同人民一道感受时代的脉搏、生命的光彩，为时代和人民放歌。”这既是政治的、历史的要求，又是艺术的、美学的召唤，这是中国文艺事业的求索与党的百年奋斗在价值取向上的高度统一，有力地体现着人民至上。我们的文艺作品既要关心具体个人，又要看见平凡却伟大的人民。倘若文艺是灯，它不为映照自我，而是要回到人民中间，以思想深刻、清新质朴、刚健有力的优秀作品汇聚更多光亮，从而照耀更为广阔的人民生活，照彻前行的道路。

开创新时代文艺的新天地，要求广大文艺工作者坚持弘扬正道，在追求德艺双馨中成就人生价值。习近平总书记在讲话中对作家艺术家的人格修养提出了要求。广大文艺工作者要把个人的道德修养、社会形象与作品的社会效果统一起来，坚守艺术理想，追求德艺双馨，努力以高尚的操守和文质兼美的作品，为历史存正气、为世人弘美德、为自身留清名。文艺工作者的人格修养，不仅关乎个人品德，还影响着行业风气，进而影响整个文化领域乃至社会生活。我们要树立文艺界良好社会形象，营造天朗气清的行业风气。

习近平总书记对文艺工作者品行与修为的要求，不仅着眼于当下，也植根于中华优秀传统文化的深厚土壤，是马克思主义与中华优秀传统文化的结合，创造性地发展了中国化的马克思主义文艺观。中华文脉自古就有“文以载道”的传统：“人品高，则诗格高，心术正，则诗体正。”“有第一等襟抱，第一等学识，斯有第一等真诗。如太空之中，不着一点；如星宿之海，万源涌出；如土膏既厚，春雷一动，万物发生。”文学艺术的呈现往往是作家艺术家道德人格的外化，两者是浑然一体、高度一致的。有高尚人格、优秀操守的创作者，才会有内在的浩然之气，有光明正大、刚健豪迈、自信自强、坦荡磊落的精神境界，折射到创作中，文艺作品便自然拥有超拔气象，如此方能成风化人、立心铸魂。

生逢伟大时代，要以不负人民、不负时代、不负历史的凌云之志与辛勤创作，回报所有注视着、关切着、期待着的目光。我相信，当代文艺工作者一定会用心、用情、用力握紧手中之笔，以更饱满的精神、更昂扬的热情、更绚烂的笔墨，以更加充沛的想象力和创造力，高举时代精神的灯火，吹响人民前进的号角，在中华民族伟大复兴的历史伟业中，踔厉奋发，开创新时代文艺的壮阔天地。

《人民日报》2022 年 2 月 15 日第 20 版

拓展阅读

努力构筑中华民族伟大复兴的新时代文艺高峰

李志敏

2021年12月，习近平总书记在中国文联十一大、中国作协十大开幕式上指出，“广大文艺工作者要增强文化自觉、坚定文化自信，以强烈的历史主动精神，积极投身社会主义文化强国建设，坚持为人民服务、为社会主义服务方向”，“在培根铸魂上展现新担当，在守正创新上实现新作为，在明德修身上焕发新风貌，用自强不息、厚德载物的文化创造，展示中国文艺新气象，铸就中华文化新辉煌”。这为我们努力构筑中华民族伟大复兴的新时代文艺高峰提供了根本遵循、指明了前进方向，吹响了新征程的进军号角。而新时代中国文艺要在培根铸魂上展现新担当、在守正创新上实现新作为，需把握好以下四个着力点。

以实现民族复兴为主题

习近平总书记鼓励广大文艺工作者心系民族复兴伟业，

拓展阅读

热忱描绘新时代新征程的恢宏气象。习近平总书记指出，“中国共产党一经诞生，就把为中国人民谋幸福、为中华民族谋复兴确立为自己的初心使命。一百年来，中国共产党团结带领中国人民进行的一切奋斗、一切牺牲、一切创造，归结起来就是一个主题：实现中华民族伟大复兴”。所以，实现中华民族伟大复兴的中国梦既是历史的，又是现实的，更是未来的。

党和人民的百年奋斗，书写了中华民族几千年历史上最恢宏的史诗，凝聚了党百年奋斗的重大成就和历史经验。而这都将成为广大文艺工作者形塑中共党史、新中国史、改革开放史、社会主义发展史的丰富矿藏，为新时代文艺创作提供广袤无垠的空间与源源不断的素材。而将中华民族伟大复兴的主调与题旨嵌入历史、现实和未来，既赋予面向历史的深邃眼光，又投射面向新时代的辽阔视野，则使新时代文艺创作在更大范围、更深程度上生成了意义空间与精神价值。

现在，中国共产党团结带领中国人民又踏上了实现第二个百年奋斗目标新的赶考之路。谱写新征程上的新史诗，展呈人民关心、国家关切、国际关注的热点焦点重点，诸如乡村振兴、生态文明、科技创新、“一带一路”、粤港澳大湾区、人类命运共同体等发展盛况与时代风貌，展现中国在全

拓展阅读

球“抗疫”和全球“减贫”两大国际工程中的非凡贡献与杰出作为，发掘民族复兴的伟大实践为中国文艺注入的强大生机和活力，从时代之变、中国之进、人民之呼中提炼主题、萃取题材，抒写中国人民奋斗之志、创造之力、发展之果，成为新时代中国文艺的神圣使命。

以传承红色基因为内核

习近平总书记强调，“文运同国运相牵，文脉同国脉相连。实现中华民族伟大复兴，是一场震古烁今的伟大事业，需要坚忍不拔的伟大精神，也需要振奋人心的伟大作品”。鲁迅先生曾说过，文艺是国民精神所发的火光，同时也是引导国民精神的前途的灯火。中国精神是社会主义文艺的灵魂。中国文艺需创作更多满足人民文化需求和增强人民精神力量相统一的优秀作品，充分发挥文艺举精神之旗、立精神支柱、建精神家园的引领和滋养作用。

中国共产党人在百年奋斗的不同历史时期形成了具有不同历史特征的精神丰碑，特别是在建党百年之际，习近平总书记精辟概括了伟大建党精神的深刻意涵，它是中国共产党的精神之源，是对中国共产党在长期奋斗中构建起的精神谱系的统领与升华。这些宝贵的精神财富跨越时空、历久弥

拓展阅读

新，深深地融入我们党和国家、民族和人民的血脉之中。中国文艺要通过建构百年党史的英雄人物谱系，全面呈现中国共产党人的精神谱系，以此赓续共产党人的红色基因与精神血脉，生动鲜活地展现中国共产党为什么能，中国特色社会主义为什么好，归根到底是因为马克思主义行的历史和现实逻辑、理论和实践逻辑。

时代人物是时代精神的集中体现，心有信仰、眼有光芒、传承着红色基因的共产党人英雄形象，构成了百年中国文艺最具魅力的人物形象谱系之一。习近平总书记指出："文艺要对人民创造历史的伟大进程给予最热情的赞颂，对一切为中华民族伟大复兴奋斗的拼搏者、一切为人民牺牲奉献的英雄们给予最深情的褒扬。"英雄是民族最闪亮的坐标，他们的事迹可学可做、他们的精神可追可及。革命者的浴血奋战、百折不挠，建设者的自力更生、发愤图强，改革者的解放思想、锐意进取，创新者的自信自强、守正创新——正是文艺作品精心绘制的闪亮英雄星图，令受众重温历史、确证信仰、感召精神、传承红色基因，培育了整个时代的精神坐标与价值取向。这些精神与价值不仅属于个人与当下，更属于民族与未来。这是英雄人物作为文艺形象意义生成的关键。

拓展阅读

以守护人民之心为根基

习近平总书记强调:“江山就是人民、人民就是江山，打江山、守江山，守的是人民的心。”这反映于新时代中国文艺，就是要把最好的精神食粮奉献给广大人民，去守护新征程中的人民之心。人民既是历史的创造者、也是历史的见证者，既是历史的“剧中人”、也是历史的“剧作者”。这意味着新时代中国文艺的人民立场包含了两重维度：人民既是文艺的表现主体——文艺写人民，又是文艺的服务主体——文艺为人民。

“文艺写人民”是指在历史主体中确认文艺主体，文艺作品聚焦人民的生存状态、刻画人民的生活样态，热情讴歌亿万人民投身民族复兴的伟大实践，充分展现人民群众坚守平凡、创造非凡的精神风貌，为中国人民自觉听党话、坚定跟党走塑像、立传、明德。“文艺为人民”是指广大文艺工作者保持同人民群众的血肉联系，始终同人民想在一起、干在一起，紧跟人民群众精神需求的发展变化，回应群众关切、表达人民意愿。而中国文艺无论是将人民作为表现主体抑或服务主体，皆鲜明昭示了中国共产党人一路走来的人民情怀与人民根基。

在党的百年光辉历程中，无论在革命斗争的危难关头抑或社会主义现代化建设的关键时刻，中国共产党的根基在人

拓展阅读

民、血脉在人民、力量在人民，人民是靠山、人民是江山。中国文艺要把创作写到民族复兴的历史上、写在人民奋斗的征程中，要用情用力表现挺身而出的凡人，而非从天而降的英雄。人民是真正的时代标杆、民族脊梁，是中华民族历尽磨难却生生不息的力量源泉。与此同时，党的十九届五中全会提出到2035年基本实现社会主义现代化的远景目标，其中包括到2035年我国将建成社会主义文化强国，国民素质和社会文明程度达到新高度，国家文化软实力显著增强。这就要求文艺要在满足人民多样化、差异化的文化需求中不断增强人民的精神力量，要通过打造老少咸宜的有筋骨、有道德、有温度的文艺精品，深入人们的心灵与情感深处。在以审美方式塑造健全人格、建构广阔精神天地之中，发挥中国文艺积极有益的建设性作用。

以确立中国风范为标识

艺术创造一旦向亿万人民的伟大奋斗与丰富多彩的社会生活敞开，便将之转化成审美语言影响人类精神世界。中国共产党历来重视从中华民族发展的历史纵深和世界文明发展的宏阔视野中，吸收人类文化的优秀成果。一方面使中国文艺承载中华民族的主流价值观与审美观，体现中华历史之精

拓展阅读

髓、中华文化之精魂，彰显鲜明的中国特色、中国风格、中国气派；另一方面则使中国文艺在美人之美、美美与共中实现与世界文明交流互鉴，收获广泛的文化认同与审美认同。

习近平总书记指出，“要挖掘中华优秀传统文化的思想观念、人文精神、道德规范，把艺术创造力和中华文化价值融合起来，把中华美学精神和当代审美追求结合起来”，“努力展示一个生动立体的中国，为推动构建人类命运共同体谱写新篇章”。这就意味着，一方面，广大文艺工作者要深刻认识在党的领导下中国革命文艺和社会主义文艺所形成的光荣传统；要重视发展民族化的艺术内容和形式，继承发扬民族民间文学艺术传统；要一脉相承根植于源远流长的中华民族自强不息、厚德载物、以民为本思想的中华美学精神，不断探索兼具当代品格与民族风范的审美形态。

另一方面，中国文艺要树立文质兼美的精品意识，让对历史的回望、对现实的描摹及对未来的憧憬，透过精湛的文艺表达塑造更多为世界所认知的中华文化形象，向世界展现可信、可爱、可敬的中国形象，以传播当代中国的思想观念和审美旨趣，反映全人类共同的价值追求。以文艺作品深邃的精神意义与卓越的审美价值，登顶时代文艺高峰，在世界文学艺术领域鲜明确立中国气派、中国风范。

02

坚持以人民为中心的创作导向

丁国旗

文艺在培育和弘扬社会主义核心价值观方面具有独特作用。习近平总书记在文艺工作座谈会上指出，“好的文艺作品就应该像蓝天上的阳光、春季里的清风一样，能够启迪思想、温润心灵、陶冶人生，能够扫除颓废萎靡之风。”《中共中央关于坚持和完善中国特色社会主义制度 推进国家治理体系和治理能力现代化若干重大问题的决定》强调，把社会主义核心价值观要求“体现到国民教育、精神文明创建、文化产品创作生产全过程”。这是在尊重文化产品创作生产基本规律的前提下，对文艺文化与社会主义核心价值观之间关系作出的新论述，从制度层面对文艺文化工作提出的新要求，使核心价值观成为贯通文艺文化创作生产的基本命题。对广大文艺工作者而言，要切实践行习近平总书记这一重要论述，必须解决好以下几个方面的问题。

筑牢思想根基，坚定理想信念，解决思想境界的问题

鲁迅曾说过，从喷泉里出来的都是水，从血管里出来的都是血。把社会主义核心价值观要求贯穿文化产品创作生产全过程，文艺工作者必须提高自己的理论站位和思想认识，加强理论修养，坚定理论自信与文化自信。坚定理论自信，首要的是坚持马克思主义对文艺工作的指导地位，坚持马克思主义的理论自信。马克思主义作为最科学、最完整、最严谨的理论体系，为人类探索历史规律和寻求自身解放指明方向。习近平总书记在庆祝中国共产党成立 95 周年大会上指出，“在坚持马克思主义指导地位这一根本问题上，我们必须坚定不移，任何时候任何情况下都不能有丝毫动摇。”文艺创作与文化生产也是如此，高品质的文艺作品必然来自艺术家对历史及现实生活本质规律的准确把握，马克思主义在帮助艺术家认识历史和现实方面具有重要指导作用。

当前在经济全球化大潮中，多样文化和思想互相碰撞，增强国家和民族凝聚力和向心力尤为迫切和必要。今天，坚定文化自信，要大力发展社会主义先进文化、弘扬革命文化和传承中华优秀传统文化，反对“以洋为尊”“以洋为美”“唯洋是从”的错误观点，反对“去思想化”“去价值化”“去历史化”“去中国化”“去主流化”的错误倾向，切实将以爱国主义为核心的民族精神和以改革创新为核心的时代精神融入文艺文化创作生产全过程。广大文艺工作者要通过生动的文艺形象、引人入胜的故事情节及具有美感的艺术形式，

在潜移默化中温润人的心灵，担负起为新时代培根铸魂的历史使命。

立志做德艺双馨的艺术家，解决创作修养的问题

《四库全书总目》有言:“盖文章一道，关乎学术性情。诗品、文品之高下，往往多随其人品。”一切艺术作品都是在艺术家主观世界和客观世界相互作用下创造出来的，“伟大的文艺来自伟大的灵魂”，文艺作品价值和精神境界的高低，创作者的精神境界、个人素养是重要决定因素。“凡作传世之文者，必先有可以传世之心。”创作思想精深、意境高远的作品，创作者首先要有崇高的思想境界，要修私德、讲公德、树艺德。如果陆游没有以慷慨报国、匡复大业为己任的气质胸襟，如何写下“王师北定中原日，家祭无忘告乃翁”这一令人动容的千古名句；如果文天祥没有一身浩然正气，又如何能在兵败被俘后不屈服于威逼利诱，并留下“人生自古谁无死，留取丹心照汗青”的千古绝唱。所谓“德不优者不能怀远，才不大者不能博见”，养德和修艺是分不开的。孟子云“我善养吾浩然之气”，“德”是养出来的。广大文艺工作者只有不断提升道德境界、培养脱俗气质，才能自觉摒弃庸俗低俗媚俗，创作出传得开、留得下的优秀作品。

有德还必须有才，“才”是修出来的。这要求广大文艺工作者要有“板凳坐得十年冷”的艺术定力，有“语不惊人死不休”的执着追求。曹雪芹“披阅十载，增删五次”，成就《红楼梦》这一中国古典小说的高峰之作；徐悲鸿画马苦苦求索，不仅注重精研结构、细察神情，在笔墨纸张、印章题款等各方面都精益求精，如此其作品

才达到“一洗万古凡马空”的意态境界。个人修养和艺术造诣相辅相成，艺术家只有做到德艺双馨，两条腿走路，才能在艺术创作道路上走得更远。如果不把心思和精力放在创作上，只想着走捷径、搞速成，终究会被时代淘汰。

以精品奉献人民，以明德引领风尚，解决“为谁写”“写什么”的问题

为谁创作、为谁立言是文艺创作的根本问题。人民群众是历史的创造者，是推动时代发展的根本力量，文艺创作从本质上说，就是要坚持以人民为中心的创作导向，就是要深入生活、扎根人民、抒写人民、歌颂人民，这是我国社会主义文艺发展的必然要求。作为活跃在戈壁草原的红色文艺轻骑兵，60 多年来，一代代乌兰牧骑队员迎风雪、冒寒暑，以天为幕布、以地为舞台，坚持深入城乡基层，满足人民群众日益增长的精神文化需求，为基层人民奉献一场又一场精彩的文艺演出，为传播先进文化、活跃农村牧区文化生活做出重要贡献。乌兰牧骑用实际行动证明“人民需要艺术，艺术也需要人民”，回答文艺创作为了谁的问题。2019 年是新中国成立 70 周年，国庆前夕，作家王蒙获得“人民艺术家”国家荣誉称号，作为与新中国共同成长的作家，当被问到如何理解“人民艺术家”一词时，他说：“人民艺术家，人民是关键。对人民的感情应该是写作者最大的动力。”文艺工作者只有把人民的喜怒哀乐放在心上，才能创作出经得起人民评价和市场检验的优秀作品。

“写什么”是文艺创作的重要问题，习近平总书记指出：“清泉

永远比淤泥更值得拥有，光明永远比黑暗更值得歌颂。”以有筋骨、有道德、有温度的作品，鼓舞人们在黑暗面前不气馁、在困难面前不低头，为生活洒满理性之光、正义之光和善良之光，是文艺的使命和担当。文艺创作的目的是引导人们求真向善尚美，敢于揭露社会中的阴暗面，但揭露之后，还应该引导人们正视问题，帮助人们寻找光明的出路。今天，我们正处在深化改革开放和全面建设社会主义现代化国家的蓬勃实践中，抒写多彩的中国、进步的中国、团结的中国，展现人民的奋斗热情，激励全国各族人民朝气蓬勃迈向未来，应该成为文艺创作主旋律。

激发全民文化创造活力，不断推出文化精品，解决“怎么写”的问题

探讨如何把社会主义核心价值观要求贯穿文化产品创作生产全过程，最终还是要落到具体的优秀作品上来。2019 年 3 月，习近平总书记参加全国政协十三届二次会议文化艺术界、社会科学界委员联组会时指出，“全国文艺工作者要走进实践深处，观照人民生活，表达人民心声，用心用情用功抒写人民、描绘人民、歌唱人民。”从现实来看，但凡创作出优秀作品的艺术家，无不是“扎根人民”“用心用情用功”的切实践行者。词作家阎肃创作的《江姐》《红梅赞》《敢问路在何方》等作品至今仍广为传唱，影响和激励几代人，就在于这些作品都是创作者心系祖国、贴近时代、深入生活，对艺术不懈追求的结果。今天，文艺工作者应该更多地创作这种不负时代要求、不负人民期望的精品力作，将社会主义核心价值

观要求落到实处。

文艺工作是一项富于智慧和情感的创新性实践活动，创新是文艺的核心和灵魂。不断探索、勇于创新的艺术家往往能够取得较大的艺术成就，为文化事业注入长盛不衰的生命力。创新性不足将桎梏文艺文化创作生产整体水平的提高。网络文学之所以在短短 20 余年间成长为作者队伍活跃、读者数目庞大的文化创意新领域，一个重要原因就在于其充分发挥网络新媒介优势，创造了全新的生产方式、发布方式、阅读方式。广大文艺文化工作者要把创新精神贯穿到文艺文化创作生产全过程，大胆探索，锐意进取，在提高原创力上下功夫，创作出更多高质量、高品位的作品。

《人民日报》2020 年 1 月 14 日第 20 版

拓展阅读

以人民为中心的创作导向的理论起点

吕文明

党的十八大以来，习近平总书记围绕繁荣和发展社会主义文艺多次发表重要讲话，强调坚持以人民为中心的创作导向，为中国文艺的发展指明了方向。其理论起点是延安文艺座谈会形成的中国化的马克思主义“人民性”文艺思想。

马克思主义文艺思想传入中国后，从一开始就与人民大众紧密结合在一起，20世纪二三十年代的革命文学深受其影响和启发，并提出了文艺要为工农大众服务的口号。但是，受当时革命形势和社会现实影响，“人民性”文艺思想还未正式形成。1942年召开的延安文艺座谈会，是在中国革命取得阶段性胜利之后，中国共产党充分总结新民主主义革命以来马克思主义文艺思想在中国的传播和发展而召开的一次具有重要历史意义的会议。

在延安文艺座谈会上，毛泽东明确提出“我们的文学艺术都是为人民大众的”，强调文艺工作者必须到群众中

拓展阅读

去、到火热的斗争中去，转变立足点，为革命事业作出积极贡献。他在第一次讲话中开门见山地指出了文艺工作要深入思考的一系列问题，其中重点阐述的是工作对象问题，即文艺工作为谁服务和如何服务的问题。第二次讲话主要分析了五个问题：我们的文艺是为什么人服务的；如何去服务；党的文艺工作和党的整个工作的关系问题，党的文艺工作和非党的文艺工作的关系问题；文艺批评问题；文艺界的整风问题。这些问题的核心指向仍然是文艺为谁服务和如何服务，即文艺的“人民性”问题。可以看出，整个延安文艺座谈会的重要讲话精神，都是紧紧围绕文艺的“人民性”展开论述的。毛泽东结合中国革命实际，在马克思主义中国化的基础上，深入分析马克思主义文艺思想的“人民性”问题，建立起比较系统的“人民性”文艺思想理论体系，这在马克思主义文艺思想发展历程中具有划时代的意义。

这一思想在此后相当长的时间内一直深刻影响中国文艺的发展，“人民性”文艺思想被提到越来越重要的地位，对于“人民性”的理解和阐发也越来越有深度和广度。特别是进入新时代以来，人民在文艺创作中的主体地位更加突出。党的十八大以来，习近平总书记深刻阐述坚持以人

拓展阅读

民为中心的创作导向，文艺为人民服务的指向性更加明确。党的十九大报告指出，社会主义文艺是人民的文艺，必须坚持以人民为中心的创作导向，在深入生活、扎根人民中进行无愧于时代的文艺创造。坚持以人民为中心的创作导向，体现了对“人民性”文艺思想的继承和发展，充分彰显出中国共产党对人民的无限深情。

毛泽东在延安文艺座谈会上之所以提出文艺为谁服务的问题，主要是针对当时大批文艺工作者来到延安和各抗日根据地的情况，他希望在抗日这个大背景下，全体文艺工作者团结起来，文艺工作要服从于政治和统一战线大局。所以，这时候文艺工作的出发点就是联合抗日，文艺是革命工作的重要组成部分，其着眼点和落脚点是“为人民服务”。今天，我们党的中心任务是团结带领全国各族人民全面建成社会主义现代化强国、实现第二个百年奋斗目标，以中国式现代化全面推进中华民族伟大复兴，文艺工作必须服从和服务于这一伟大事业。在这一过程中，以人民为中心的创作导向可以构建起中国文艺的人民性、经典性和崇高性，用文艺的光芒照亮中国人的精神世界，凝聚中国人的精神力量。所以，文艺的“人民性”指向与过去相比更加强调人民的主体地位。

拓展阅读

习近平总书记在2014年文艺工作座谈会上提出，“始终把人民的冷暖、人民的幸福放在心中，把人民的喜怒哀乐倾注在自己的笔端，讴歌奋斗人生，刻画最美人物，坚定人们对美好生活的憧憬和信心”。可以看出，两次文艺座谈会是在“人民性”文艺思想的整体发展中立足“为人民服务”和“以人民为中心”两个维度，它们是“人民性”文艺思想80年发展历程中的起点和高峰。其中，文艺工作对人民的指向在不断强化和发展。“为人民服务”的创作指向与党的根本宗旨相吻合，强调文学艺术要成为革命事业的重要组成部分，所以主要强调文艺工作的努力方向和文艺工作者的创作指向。而“以人民为中心”的创作导向则着重强调文艺工作要突出人民的主体地位，文艺需要人民，人民需要文艺，文艺更要热爱人民，文艺创作要“与人民同呼吸、共命运、心连心，欢乐着人民的欢乐，忧患着人民的忧患，做人民的孺子牛”。这一创作导向特别注重文艺本体的发展和创作主体精神境界的提升，而这种发展和提升与中华民族伟大复兴的中国梦紧密相连。

以人民为中心，就是要把满足人民精神文化需求作为文艺和文艺工作的出发点和落脚点，把人民作为文艺表现的主体，把人民作为文艺审美的鉴赏家和评判者，把为人民服

拓展阅读

务作为文艺工作者的天职。这种创作导向与延安文艺座谈会确立的“人民性”文艺思想是一脉相承并不断发展提升的。毛泽东对文艺工作对象进行了重新定位：“我们的问题基本上是一个为群众的问题和一个如何为群众的问题。”他不仅强调文艺服务的对象是人民大众，而且对人民大众的范畴进行认真分析，这使得文艺思想的“人民性”特质有了更加清晰的定位。而以人民为中心的创作导向则是把满足人民精神文化需求作为文艺和文艺工作的出发点和落脚点，这就从强调文艺工作对象上升到提升精神文化需求的高度，这样的变化表现出“人民性”文艺思想与时俱进的先进性。毛泽东强调文艺的立足点要转向人民：“我们的文艺工作者一定要完成这个任务，一定要把立足点移过来，一定要在深入工农兵群众、深入实际斗争的过程中，在学习马克思主义和学习社会的过程中，逐渐地移过来，移到工农兵这方面来，移到无产阶级这方面来。只有这样，我们才能有真正为工农兵的文艺，真正无产阶级的文艺。”习近平总书记则进一步强调要把人民作为文艺表现的主体，“人民是文艺创作的源头活水，一旦离开人民，文艺就会变成无根的浮萍、无病的呻吟、无魂的躯壳”。从文艺的立足点到把人民作为文艺表现的主体，这是人民地位得到尊重、人民利益得到保障的充分体现，这是新时

拓展阅读

代“人民性”文艺思想的深入发展，站在这样的立场上，文艺创作才能更加深入人心。而把人民作为文艺审美的鉴赏家和评判者，则与毛泽东强调的文艺批评的基本标准问题相一致。毛泽东认为文艺批评有政治和艺术两个标准，两个标准的核心都是看其是否符合人民的利益。今天的文艺批评是将两个标准合而为一，从审美的高度进行深层次评价，这种审美应该“是文艺创作的一面镜子、一剂良药，是引导创作、多出精品、提高审美、引领风尚的重要力量”。毛泽东批判文艺界还严重存在着作风不正的现象，“一切共产党员，一切革命家，一切革命的文艺工作者，都应该学鲁迅的榜样，做无产阶级和人民大众的‘牛’，鞠躬尽瘁，死而后已”。习近平总书记则进一步号召广大文艺工作者与人民同呼吸共命运，心里时刻装着人民的幸福。在这样的号召中，文艺创作已经与人民的思想和行动融为一体，充分体现了以人民为中心的创作导向。可以看出，整个延安文艺座谈会的讲话精神，是紧紧围绕文艺的“人民性”问题展开论述的，这些论述成为今天以人民为中心的创作导向的理论起点。

如果说延安时期强调的是文艺工作对于民族独立、民族自由和民族解放的重要作用，那么，新时代文艺工作的指向则是充满光明和希望的伟大中国梦。坚持以人民为中心的创

拓展阅读

作导向，是中国化的马克思主义“人民性”文艺思想发展的新阶段、新境界，它深深地植根于马克思主义深厚的理论沃土，植根于中国共产党人为人民服务、一切为了人民的政治理念和精神传统之中，其最终指向是建设中国特色社会主义伟大事业和中华民族伟大复兴的中国梦。

03

乡村书写的光荣与梦想

陈毅达

我从事文学创作 40 多年，经历了改革开放，也经历了中国当代文学发展的不同阶段。在我刚开始文学创作时，各种文学流派竞相争艳，城市建设快速发展。那时，我的笔触不假思索地伸向自己最熟悉的城市生活。从此，在很长一段时间，我小说的主题都是城市里的人与事。

直到 20 世纪 80 年代中后期，我成为第一批扶贫工作队员，一个人到小山村生活近一年。我被深深地震撼，心中有无数的感受想去表达。可是，面对山村，自己的理解力和思考力都尚显不足。我尝试性地写了一两篇乡村题材习作之后，感到写作能力不足，内心对乡村强烈的感受不得不暂时封存。

2000 年以后，因工作关系，我又一次走进闽北乡村。为破解

“三农”问题，当地正在探索新的工作机制。我对乡村的记忆和感受被唤醒，开始重新去了解和思考乡村。整整 10 年，我密切关注并感受着时代巨变之下的乡村。机缘巧合，我又回到文学领域。此时，我国乡村发生历史性巨变。各种新兴业态雨后春笋般破土而出：现代农业、观光农庄、农民电商，交通网络和互联网划时代地改变着乡村面貌。

多次乡村之行，让我找到创作突破口，重获创作激情。不知不觉中，我重新开始写作，过去关于乡村的所有沉淀、今日乡村赋予我的新感知，全部融于一个海边村庄的蔚蓝天空中。小说《海边春秋》的完成，让我的内心终于轻松了一点，也让我对书写当代乡村意犹未尽，对写好当代乡村更加期待。

如今，许多具有时代感和担当精神的作家投身于当代乡村的文学书写。他们承继社会主义文学表现山乡巨变的创作经验与传统，创造性地写作，成为当代文学一道亮丽风景。不过，与《创业史》《平凡的世界》等经典作品相比，我们还缺少深度刻画这个时代、深入表现当代乡村历史命运的厚重之作。当代乡村发展向前与当代乡村文学书写滞后、当代乡村变迁之重大与当代乡村文学书写之轻浅形成鲜明对比，是有待突破的瓶颈。处理好这一问题，关乎作家的使命担当，也关乎现实主义文学创作的创新与发展。

一个具有时代意识和责任感的作家，应该以什么样的站位看待当代乡村变化、体悟变化背后的深远意义？结合个人创作实践，我认为，要对当代乡村有更准确、更深刻的认识和把握，离不开对时代发展、时代变化的洞察，离不开在变化中不断更新认知。其次，要探索出一条行之有效的发现生活、深入生活的路径。如何真正做到身入、心入、情入？如何辩证看待农村发展进程中的困难与问题？书写乡村需要我们真正地深入生活，去观察、去捕捉、去感受、去思考。

书写当代乡村，是时代对一个作家社会意识、创作意志、文学视野和写作水准的综合考验。当代乡村是新时代文学创作的富矿，正等待我们深入挖掘；当代乡村是现实主义文学创作希望的田野，尚有大片空白等待我们去开拓。能否开掘富矿、炼砂成金，能否在文学画卷中郑重留下我们的印记，这是对作家脚力、眼力、脑力、笔力的巨大考验，需要创作热情和文学担当，需要脚踏实地的探索和耕耘。

全面建成小康社会、打赢脱贫攻坚战，我们遇上文学创作的好时代。在书写当代乡村的文学路上，让我们用自己的笔与时代同行，与人民同行；用硕果累累的文学作品，刻录新时代的乡村巨变，创作出更多叫得响、传得开、留得住的精品佳作。

《人民日报》2020 年 8 月 11 日第 20 版

拓展阅读

写好新时代中国乡村故事

赵德发

在漫长的农业时代，乡村一直是文学的重要表现对象，在百年来的中国同样如此。20世纪二三十年代的乡土小说，新中国成立前后诞生的红色经典，都把中国土地上的世道人情、风云万变书写得细致入微、淋漓尽致。改革开放40多年来，农村题材作品依然占据文学主流，作家们从中华优秀传统文化的根柢着眼，以村庄为切入点，刻画时代风貌，塑造典型人物，创作了一大批优秀作品。可以说，农村题材写作，是中国文学的一个传统。

进入新世纪以来，随着改革开放进一步深入和经济社会飞速发展，中国发生更为深刻而巨大的变化。21世纪的中国农民同时站在了工业化、城市化、全球化、信息化的“高速公路”上。城市以外的广大地区已经不能统称为农村，因为第二、第三产业已在那里星罗棋布，且与第一产业深度融合。顺应这个巨变，农村被许多人改称“乡村”，文学范畴中的农村题材也改称“乡村题材”。

拓展阅读

今日乡村，是一个开放包容的广阔空间。乡村生活从来没有像今天这样斑斓多彩、这样充满活力。生活在这里的人们，不只是传统意义上的农民和乡村干部，还包括在城乡之间从事经济活动与文化活动的各类人士。面对新时代新生活，作家何为？我们怎样才能继续写好乡村题材？

第一，深刻反映时代本质。作家一定要保持高度敏感，真切感受时代脉搏。经济、政治、文化、科技，社会发展的方方面面都要了解，既要关注表面上的瞬息万变，又要看到深层次的本质所在。当今时代的主题是和平与发展，这一时代主题在今天的中国得到强有力的反映，这就是14亿多中华儿女奋力实现中华民族伟大复兴的中国梦。乡村振兴是民族复兴的重要组成部分，全面建成小康社会、打赢脱贫攻坚战，是一场改变中国乡村面貌的伟大社会实践。在这一伟大历史进程中，中国作家没有缺席。近年来，表现乡村振兴、书写脱贫攻坚故事的作品不断涌现，令人欣喜。我们要努力写出时代大背景，写出历史纵深感以及对未来的启示，同时警惕平面化、简单化书写。在一个日新月异的时代，能否完成对于时代本质的深刻表达，是我们面临的新考验。

第二，精心塑造时代新人。当代中国乡村题材作品，在塑造时代新人方面取得了辉煌成就，如《创业史》里的梁生

拓展阅读

宝、《平凡的世界》里的孙少平、《古船》里的隋抱朴等，都是影响深远的典型人物。我们要充分学习借鉴这些成功经验，塑造出新时代的新人形象。今天写新人，不仅要写他们带头致富的行动，还要写出他们的新观念、新思想，让新人具有新内涵，成为时代的突出表征。我的长篇小说《经山海》，塑造了新人吴小蒿形象。她是一个农家女，是历史系的高才生。通过招聘考试，她来到海边乡镇当副镇长，在那里克服种种困难迅速成长。有评论指出，“吴小蒿身上现实感与理想性的结合、个人命运与时代精神的交织，让一个具有鲜明辨识度的时代新人形象呼之欲出。”时代新人之“新”，需要我们不断有新发现、新创造。

第三，努力追求史诗气魄。新时代呼唤新史诗。中国社会的沧桑巨变，需要全方位、宽镜头、长景深地来表现。这个任务，每一位优秀作家都应该担当起来。作家要有大时代的大气魄，用心用情用功记录民族心路历程和精神变迁，同时密切关注世界变化，用哲学、社会学、人类学眼光观察人类生活，让创作既有中国视野与中国情感，又有聚焦人类命运共同体的宽广胸怀。作家要继承中外优秀文学传统，同时勇于创新，用精湛深邃的艺术手法记录时代足迹，刻画时代精神，努力让作品具有史诗气魄，展现生活的全面景观和庄严诗意。

04

杂技艺术：博采众长　续写辉煌

边发吉　柴　莹

艺术的生命力在于创新。改革开放以来，特别是党的十八大以来，杂技这一有着 3000 多年历史的古老艺术，在继承丰厚传统基础上创造创新，佳作迭出，呈现新的时代气息和艺术风采，积累了可贵的艺术经验。

抓住根本，立足本体启新章

杂技艺术的本体，包括技巧、道具、造型三大要素。现代杂技走向舞台，从传统的以炫技为中心发展成为以技巧为核、集其他姊妹艺术为一体、意味丰富的新型综合艺术模式，离不开杂技三大要素的创造和创新。

技巧是杂技的“核”。上世纪 50 年代起，传统杂技改变粗糙简单的表演形式，逐渐高雅化、艺术化。八九十年代以来，杂技尊重艺术发展规律，在“技”上勇于创新，力求新颖独特。如杂技《十三人顶碗》“文活武演”，把传统杂技中的静态顶功技巧，转化为动态平衡技巧的展示：演员在头上或脚上有碗的情况下，完成“尖子”演员的出手动作，技巧难度大大增加。每当一个个碗最终在流畅的抛接翻转中稳稳当当地落在演员脚上时，观众无不为之叫绝。这样的创新，通过增加原有动作的难度系数，提升表演节奏性、冲击力和观赏性，使顶碗节目达到新的艺术高度。魔术《牌技》借鉴舶来的球技技巧，将传统的单手弹牌回手发展为双手弹牌回手，手法干净利落，技巧语言丰富，同时融入踢踏舞等元素，舞台表现富有时尚感。

除了技巧创新，杂技道具也随着时代发展有了质的飞跃。道具在其他艺术门类中往往只是舞美的一部分，杂技道具则与技巧表现直接相关，道具研发制造直接关乎杂技的创新高度。比如，中国传统的爬杆杂技以静态固定杆上的技巧表现为主，在时代审美和创新精神推动下，今天的“爬杆”节目融入了以翻腾为主的跑酷技术，以及力量、柔韧等多种技术动作，让“杆”类节目实现技术动作上的创新。杂技《九级浪·杆技》将传统的单杆、双杆、三杆道具设计成三围交会的几何图形，利用三角形的稳定性实现道具的摇摆起伏与旋转，道具的创新推动杂技技巧臻于艺境。杂技《摇摆高拐》通过创造性地使用新道具，创新“摆顶”技巧，帅气潇洒，样式新颖，“显难不为难”，给观众带来视觉冲击。

需要注意的是，杂技的“核”是“技”，抓住“技”的创新才是根本的创新，才能真正推动杂技艺术创新发展。近年来，借助现代声光电技术，杂技开始追求气势磅礴、精彩纷呈的舞美效果。一些杂技从业人员过度注重这些外部因素，忽略了杂技本体技巧的创新发展，这一点应当及时纠偏。

从技巧的提升到道具的创造创新，以惊奇险难为特征的杂技造型更加艺术化，舞台呈现也更具审美性。正是因为一代代杂技表演艺术家不懈追求探索，在技巧难度、道具研发以及造型艺术化方面勇攀高峰，中国杂技之花才得以在艺术百花园中长开不败。

守正出新，荟萃传统开新境

不忘本来才能开辟未来，善于继承才能更好创新。近年来，杂技在展示高超技巧的同时，积极融入中华优秀传统文化，将本体技巧与诗词曲赋、舞蹈、戏曲、音乐、书画、武术等传统艺术相融合，“以古人之规矩，开自己之生面”。杂技《舞空竹》，在空竹表演中加入传统乐器琵琶的演奏。空灵悠扬的琵琶音乐、演员矫健灵动的空竹技巧展示，让含蓄柔美、挺拔刚健的中华美学意境具象化，带给人们赏心悦目的艺术享受。《俏花旦·集体空竹》则把空竹技巧的呈现与戏曲程式化表演形式巧妙结合。抖空竹是出手活，接抛空竹都在头上，因而空竹演员头上通常不戴任何头饰，避免“抛托”。但这个节目反其道而行之，空竹演员头顶插上了翎子，通过高难度技巧让空竹在翎子间上下翻飞。富有戏曲程式美感的空竹表演，配以激昂高亢的京腔京韵，成就了一部具有中国气派的精品。魔术《移形幻影——三变》将川剧变脸技巧融入更衣、变伞技巧当中，瞬间完成同步变换，将传统戏曲技法与现代魔术手法相结合。可以说，在杂技技巧中融入传统艺术元素，既是杂技在竭力追求高难度技巧后，对呈现形式艺术化的自觉回归，也是中华优秀传统文化各艺术形式之间天然的亲切感与认同感使然。

在继承和弘扬中华优秀传统文化基础上，中国杂技艺术家也将目光投向世界。杂技《芭蕾对手顶·东方天鹅》中，西方芭蕾舞的浪漫和东方杂技的惊险珠联璧合，芭蕾舞表演从地面延伸至空中，幻化为高难度的“肩上芭蕾”，带来令人震撼的视觉冲击，让我们看到东西方艺术融合出新的巨大潜力。在此技巧基础上编排的杂技剧《天鹅湖》，在俄罗斯、乌克兰、德国等70多个国家和地区巡回演出，广受好评，让世界观众领略到中国杂技的魅力。

无论是在继承中创新，还是在借鉴中发展，都是以杂技本体技巧为中心，充分运用和借鉴姊妹艺术形式进行的创造创新。实践证明，遵循杂技艺术的发展规律，既继承传统又不拘泥于传统，既借鉴外来文化又力求本土化，可以有力推动杂技艺术创新。

技融于意，杂技成剧创新篇

文艺创作是观念和手段相结合、内容和形式相融合的深度创新，是各种艺术要素和技术要素的集成，是胸怀和创意的对接。近年来，杂技节目以及杂技剧的发展趋势主要是在“技”与“情节”中寻找融合点，借鉴舞蹈、戏曲等姊妹艺术的表现形式和手法，通过音乐、舞美等多种舞台元素配合，实现艺术的综合创新。

当前，就题材而言，杂技剧主要有两大类型。一是地域文化题材。如杂技剧《江湖》《百鸟衣》《梦回中山国》《岩石上的太阳》《小桥流水人家》等，以地域文化为切入点，对杂技技巧进行包装，呈现出对地域历史文化的思考。这类杂技作品多以当地民间传说和历史故事为创作素材，具有浓郁的浪漫主义风格和鲜明的地域风情，高超的杂技技巧进一步为故事营造出惊险、浪漫的传奇色彩。

另一类型是革命历史和战争题材。这类杂技剧已成为热门。这类题材创作巧妙融合杂技技巧，善于营造紧张激烈的战斗氛围，也取得不俗反响。最典型的是《战上海》《渡江侦察记》。一般认为杂技拙于叙事。《战上海》却迎难而上，将叙述重点放在展示人物行动上，既通过人物行动展示杂技技巧，又确保全剧的叙事线索眉目清晰。《战上海》中，技艺不仅展示出高难度的精湛，而且致力于表现故事情节与人物情感。杂技本身所蕴含的顽强拼搏、自强不息的艺术精神，也与全剧所要传递的锲而不舍、勇往直前的革命精神融为一体，富有强烈的艺术感染力。这部作品，让更多人看到杂技技巧表意的潜质，显示出杂技剧创作的广阔空间。

创新从来都不是凭空臆想、闭门造车，而是基于继承本来与借鉴外来的创造性转化、创新性发展，是厚积薄发基础上另辟蹊径的创新再造。期待杂技这一中国古老的艺术瑰宝，在一代代杂技人的不懈努力下不断创造新的辉煌！

《人民日报》2020 年 10 月 5 日第 8 版

拓展阅读

技艺融合，传递精神力量

董争臻

文艺作品承载着感动人心、振奋人心的精神力量。把故事讲好，作品中蕴含的这种精神力量才能以艺术的、审美的方式传递给广大观众。作为一名杂技剧编剧和导演，近年来我先后编创了10部大型杂技剧，有革命题材的《渡江侦察记》《战上海》《山上那片红杜鹃》，有工业题材的《大桥》、国防建设题材的《兵工厂》，也有表现“绿水青山就是金山银山”新发展理念的《东方有竹》等。无论哪一种题材，创作主旨都是通过杂技艺术表现共产党人的精神，在舞台上展现社会变迁的生动画卷。

杂技剧，是用杂技来讲故事的剧。“技艺”是杂技艺术的立身之本，杂技剧创作需将技巧自然而准确地融入戏剧叙事。在这方面，我对自己有两个创作要求。首先，在剧情结构上讲究大事不虚，主要环节必须通过杂技技巧实现戏剧叙述和情感表达，而不能用影像或其他技术取而代之。比如，杂技剧《战上海》中的重头戏“铁骨攻坚”“雨夜飞渡”，表现的是解放上

拓展阅读

海的关键战役。在这场战役中，我军强渡苏州河，强攻电报大楼。由于不能使用重火力，面对电报大楼上敌人的疯狂扫射，战士们一次次冲锋陷阵，伤亡惨重。为表现他们的英雄精神，我专门创作了集体绳梯技巧，以此表现“贴近战”：八副绳梯凭天悬挂，布满整个舞台空间，一批批战士前仆后继、誓与敌人血拼到底的英勇气概让观众动容。其次，杂技技巧要用得恰当巧妙，以实现四两拨千斤的效果。剧中窄窄的苏州河形同天堑，强攻不得，必须巧取。如何用杂技技巧生动表现？我化用南狮中的梅花桩技术：连长带领突击队趁夜雨滂沱，利用河面上参差不齐的“防撞桩”惊险跨越，成功渡河。

把故事讲好，有意识地挖掘并凸显逆境中的英雄精神，赞美英模、讴歌人民，是我的创作自觉。《山上那片红杜鹃》是一部以女红军为主人公的大型杂技剧。剧中，出身优渥的主人公杜鹃和几位同伴受革命思想的影响投身革命，花季年龄的她们为保护百姓义无反顾地慷慨就义。以南京长江大桥建设者为表现对象的杂技剧《大桥》，讲述主人公奋不顾身抢救“沉井”的故事，歌颂自力更生、艰苦奋斗的精神。杂技剧《东方有竹》在弘扬新发展理念的同时，讴歌工匠精神，展现改革创新的时代风貌。

在继承中创新，在借鉴中发展。通过杂技剧讲好中国故

拓展阅读

事、传递奋斗精神的同时，还要敢于创新艺术表现手法，拓展杂技剧表现空间，从而赢得更多观众。比如，我创作的革命题材杂技剧《明家大小姐》，将魔术的奇妙与谍战的悬念相融合，受到许多年轻观众的喜爱。这部剧以主人公开展地下工作，成功粉碎敌人的绝密计划为主线，以红色恋人的浪漫故事为辅线，表现抗战时期战斗在敌人心脏的革命先烈们的大无畏精神。

带着“挑战不可能”的创作理念，我创作了一部以刻画人物见长的杂技剧《聂耳》。这部作品通过杂技的肢体技巧，表现音乐之美，讲述人民音乐家聂耳的艺术人生。不少业内人士跟我说这个主题创作难度大。面对巨大挑战，我们迎难而上，为演员们设计了一系列新的杂技技巧，并将其与小提琴演奏、舞蹈以及戏剧表演相结合。通过整整一年的打磨，大家解决了一系列艺术技术难题，以丰富的表现手段塑造出聂耳的生动形象。

作为一门古老的艺术，杂技之所以能够走到今天，离不开一代代创作者的创新转化，离不开技艺和时代的结合。未来，我将和广大杂技艺术工作者共同努力，继续推动杂技艺术形态和演艺范式的创新突破，通过杂技艺术讲好中国故事，让更多人从中感受到时代脉动与精神力量。

05

用生命体验创造角色

濮存昕

我很早就知道“戏比天大”的道理，这是我从做演员的父亲身上学到的。父亲演戏之前不吃晚饭，我常常拿了饭盒去北京人艺给父亲送饭。化妆室和舞台之间有一条黑黑的甬道。我站在甬道的这一头等父亲，我知道，甬道那一头就是充满灯光的舞台。

而今，我已站在同一个舞台上，演了近 40 年话剧。和父辈一样，每一场演出，我和同台的演员们都在寻找新的创作感受和表演中新的可能性。“新”来自哪里？

转化创新不可缘木求鱼
扎实打好基本功、踏实向学是基础

和其他文艺门类一样，舞台表演艺术的转化创新不可缘木求鱼，要以夯实技法为根基，即台词、形体和表演这三大基本功。台词是话剧立身之本。这方面，话剧演员要向戏曲和曲艺演员学习，他们“含金吐玉”，每一个字都在乎、每一个音都讲究。尤为重要的是，台词不仅要字正腔圆、呼吸通畅、四声到位，还要走心达意：不是按标点“念词”，而是把印在剧本上的言词转变成适合“听”的、能让观众“听懂”的话，同时还是人物心理动作的语言。

我年轻时不懂这个道理：“念台词谁不会呢？”我在北京人艺参演的第一个剧目是《秦皇父子》。连排结束后，曹禺先生开诚布公地说：台词不清楚，也可以说听不明白。郑榕老师把我叫过来，说：“孩子，台词可不能这么说。字字都挺响、字字都强调，大家反而不知道你要表达什么了。好演员的台词精彩，因为他懂得台词的意图。”这是表演的根本道理，前辈掏心窝子地给了我，那时的我却理解不了。一直到40多岁，我才明白过来，台词讲究基本功，得从头学起。

演员用身体塑造角色，形体是演员另一基本功。一个演员如果身上“没活儿”，站在偌大的舞台上很难凝聚观众视线，再加上舞美背景，就更容易被舞台“吞”掉。我们看到有的演员台词很好，但身体“跟不上”。也许是受到影视表演影响，话剧的基本功训练不够。

话剧第三个基本功是表演。年轻时常常只用“招儿”来表演。演戏和人生一样，内涵丰富之后要往简单里做。简单反而丰富。这也是中国美学的特点，不能把什么都填满，留出空白才能调动起观众兴趣，观众自然会为你的角色注入他的理解感受，演员和观众的默契才能建立起来，剧场性才会出现。生怕观众不明白的解释性表演，说到底是演员自己还不够明白、在舞台上开拓的表演空间还不够大。

转化创新是有出处的。老一辈艺术家留下的经典剧目，是北京人艺乃至中国话剧的宝贵财富。过去30多年来，我一直有计划地学演经典剧目。我希望把于是之老师、郑榕老师、蓝天野老师、林连昆老师等前辈吸引我、打动我的地方，通过我的学习和表演“化”在我身上。董行佶老师用生命演戏的精神也一直影响着我。

我们这一代演员如何演好经典剧目？除了做案头功课，主要是从上一代艺术家身上学，循着他们的创作方式演出来。我一开始演《茶馆》里的常四爷，从形体到台词都是从郑榕老师那里学来的，后来才慢慢地有了自己的理解，加入自己的东西。这就像京剧演员跟师父、琴师学戏，最开始一定是一板一眼的，但随着年纪增长，唱着唱着，就懂得了师父在唱腔和身段里倾注的思想情感，就渐渐地有了自己的处理方式，这时的琴师、鼓师也不自觉地跟着演员走了——从“跟弦”到“领弦”，戏曲演员的身上“出新”了，话剧演员也是这样。

转化创新离不开鉴赏。好演员首先是好观众，要善于发现别人表演上的“好”。在戏曲《吕布与貂蝉》中，叶少兰先生表现出吕布如何被貂蝉深深吸引，这一段表演被我借用到话剧《吴王金戈越王剑》中，以表现范蠡被西施之美打动的情景。我在《李尔王》里演被女儿抛弃的李尔王、在《暴风雨》中演被弟弟构陷的普洛斯彼罗、在《哈姆雷特》中演叔父，这些角色和我本人的特质相距甚远，怎么演？我学习借鉴了京剧中的花脸和武生，收获很大，效果很好。

外师造化，中得心源
表演与艺术家的生命体验同在

有章可循的基本功、前人和同行积累的创作经验、生活中的学习，以及对各种艺术门类的借鉴，这一切要被“化”入舞台上一个个艺术形象，不仅依靠表演技法的熟稔，还要依托演员独特的生命体验和精神质地，“外师造化，中得心源”。一个演员需要精神生活的积累，心灵的丰厚可以超越技巧。没有精神生活的滋养，塑造出来的形象必然苍白。评论家童道明先生评价于是之老师主演的《洋麻将》：“把人生的痛苦传达得那么生动、精细而深刻，而且充满诗意，因为这里有他本人的切肤之痛。”必须先有海的存在才能有浪花，自来水管里出不来浪花。《洋麻将》的表演之所以经典，因为它与艺术家的生命体验同在。

每一代艺术家都生活在各自的时代，和同时代观众一起解读经典、塑造角色，是每一代艺术家的担当。演《哈姆雷特》，我相信台下的观众和我一样，都经历过对生命意义的探究、经历过身处困境的挣扎。我表达莎士比亚笔下的哈姆雷特，也是在表达我和台下的每一个人。话剧《李白》1991 年首演，至今演了 30 多年。现在的我不仅演李白的悲愤，还着重演他的天真。这和我对生活、对生命的理解有关。演契诃夫的《万尼亚舅舅》《伊凡诺夫》，只有先理解剧作家本人和他所处的时代，才可能懂得他笔下的角色。刚开始演的时候，我沉浸在角色的悲观中。第二轮演出时，我为角色注入积极的思想动力，人物的语言节奏加快，形象的清晰度也增强了。曹禺先生的《雷雨》，我从 1990 年开始饰演周萍。当我真正理解了周萍时，已经过了适宜演他的年纪。这正是经典的魅力和生活的魅力吧！我常常在心里问曹禺先生：“您是不是这么想？同不同意这样解读？”这是我不断靠近人物、靠近经典的过程。

当一个演员的生活阅历更加丰富时，往往看重塑造传记人物。我在电影中饰演弘一法师和鲁迅先生，拍摄期间，我把世俗生活减少到最低限度，尽可能让自己安静下来，这样才能走进人物的内心世界。北京人艺老一辈演员的表演传统是形神兼备，“为了得其神，必须超其形，又不能失其形”。这也是我在电影《一轮明月》和《鲁迅》中的创作体会。

线上世界无法取代剧场
戏剧的“现场性”激发即兴表演

戏剧是台上台下的思想情感交流，戏剧的现场性是“线上世界”无法取代的。这种“现场性”带来戏剧演员表演的特质：不能修改、不可复制。这正是戏剧演员每一场表演都在追求的“新意”。

创作离不开即兴。即使经过千锤百炼的排练，上场后最真实、最真诚的表演中一定有些部分是即兴的，甚至有些瞬间并不是事先排练好的。即兴表演有点像踩油门，既定的表演方向是方向盘。即兴状态中的演员一定是完全清醒的：他清楚地知道自己这么演，观众会怎么看。好的表演，是既有角色又有演员自己的。

即兴状态是让演员放松的一种方法。武术搏击讲究触肉发力，田径运动员在比赛场上放松下来，听到发令枪响时才能一下子将身体调动起来，就像子弹撞针激发底火一样地冲出去。演员上场之前如果有即兴感，放松下来，往往会出现好的创作状态。如果紧紧抱着排练时找到的创作感觉不放，按照既定的节奏演出，就只能一场场地重复表演。

戏剧表演艺术是心灵的创造。用自己独一无二的生命体验塑造角色，与同时代的观众共同赋予剧场艺术生命，是演员的使命。让我们共同在剧场中讲述我们的中国故事、时代精神与生命体验。

《人民日报》2020 年 11 月 6 日第 20 版

拓展阅读

期待更多令人回味的经典桥段

杨洪涛

近年来，《功勋》《长津湖》《我和我的父辈》等影视剧热映，作品中的经典桥段引发观众热议，从而提高了作品关注度、传播力和影响力。

这些经典桥段也被称作“名场面”，即影视作品中有戏剧性、感染力，辨识度高，能够广为流传的场面。在互联网语境下，这些经典桥段便于在短视频平台广为传播。电视剧《功勋》片头利用影视特效，让8位扮演“共和国勋章”获得者的演员从远处走向镜头，渐渐地以“共和国勋章”获得者本人的形象走出画面。这组镜头被观众称为最不舍得跳过的片头。电影《长津湖》里的经典台词“我们把该打的仗都打了，我们的后辈就不用打了”，也让无数观众热泪盈眶。

影视作品的经典桥段往往集中体现作品的“戏核”，是一部作品传达精神主旨、价值理念和审美特色的高光时刻。《功勋》片头把整部作品的精神内涵浓缩在短短数十秒中，功勋前辈们把一生都献给了祖国和人民，看到他们逐渐老

拓展阅读

去，观众不禁喟叹岁月流转、沧海桑田，由此产生由衷的敬佩与感动。《我和我的父辈》紧紧抓住赓续传承中国精神这一主题，四个篇章中的故事接力讲述从革命战争年代到新时代，前辈们不忘初心、砥砺奋进的奋斗历程。

影视作品的经典桥段要塑造具有生命质感的人物形象，提炼出凸显人物性格特点的肢体语言和具有力度美感的经典台词。《长津湖》里“雷公”牺牲的一幕，让无数观众为之动容。而这一“名场面”的产生，有赖于演员在影片前段塑造了一位诙谐幽默且沉稳老练的老兵形象。《功勋》之《能文能武李延年》单元中，政工干部李延年在做战前动员时，以激昂的话语和豪迈的气魄生动诠释了伟大的抗美援朝精神，也表达了老百姓幸福安定生活的美好愿景，令人看后心潮澎湃；《无名英雄于敏》单元中，于敏在得知氢弹试验成功后舒展国旗、长久伫立的场景，以静水流深的戏剧张力，诠释了科学家们“干惊天动地事、做隐姓埋名人”的生命誓言。

影视作品只有和观众产生共情，才能够真正让“名场面”长久流传。《我和我的父辈》的第一幕《乘风》篇里，冀中骑兵团的将士们跨马提枪向侵略者发起冲锋的场面让人肃然起敬。第二幕《诗》篇里，女主角在得知身为火箭设计师的丈夫牺牲后，用隐忍又坚韧的语气读诗的场面，让观众

拓展阅读

回味良久。她把中国人自古以来对浩瀚星河的浪漫向往和科技强国的时代命题，寓于对爱人的深情和不舍之中，以“诗言志”的方式，表达了对家的爱、对国的忠。

一部影视作品能够流传久远甚至被奉为经典，一定是因为作品中某些鲜活生动、意味隽永的场面让人难以忘怀。主旋律影视作品承担着弘扬主流价值观、引领社会风尚的作用。我们需要更多有机构成作品整体的经典桥段，让主旋律和正能量走进观众心田。

06

把故事讲到人心里去

麦　家

文学的创新，是一个跟文学一样古老又现代的话题，看上去简单，实际非常深奥，我肯定无法“解密”它，只能是抛砖引玉。

我对自己的小说有个要求，要把故事讲到人心里去。故事是小说的基本面，它是由情节构成的，而情节正是测验人性的场域。但小说不能止于故事。过去在乡里民间，今天在网络论坛，都流传着很多一波三折、扣人心弦的故事，但不能称之为小说。一来没有很强的文学性，二来也缺少文学“浸润心灵、启迪心智”的作用。小说应该是内容和形式的统一，有了叙事才有小说的艺术，作家的重要任务就是把讲故事变成文学叙事。这同样也回答了“面对极大丰富的文化产品，小说为什么依然不可替代”这个问题。作家笔下的故事所提供的，应该是影视剧拍不出来、短视频无法呈现的审美愉悦。读者只有在小说里才能体会那种文学独有的驰骋想象的快乐。

小说是虚构的艺术，“真实”是文学叙事的最高级形态。海明威说：“我不允许任何不真实进入我的小说”，这也是我的信条。衡量文学的真实像是在做数学题，要通过读者心中的“标准像”和作家对事物的认知进行加减换算。任何一个失真的物件、反常的细节都可能会迅速切断读者与小说之间的情感连接，让读者觉得“假”。说到底，小说不仅要从生活中汲取养料，同时也要对生活负责，能够对读者有一点介入、影响，甚至启发、引领。虽然我的小说描写的大多是有传奇本领、特殊使命和经历的人物，他们的生活也许跟普通人大相径庭，但其大开大阖的经历、大悲大喜的感受、大荣大辱的考验，可以极大限度地展示人的生存状态和内心感受，这种情感是人类共通的。谍战小说不仅仅是通过智力博弈来解信息的密，更是在解人心的密，解答时代的提问。

有人说提笔就老，因为写作要用心，一下笔眉头就皱起来了。要多写，挖空心思地写。好作品应该像钻石，不仅质地坚硬，还要经得起无数次切割、打磨，才能拥有耀眼的光彩。

我的第一部作品《解密》写了整整 11 年，被退稿了 17 次。对我来说，11 年已经不仅仅是一个时间概念，而是全部的青春。这部小说发表的时候只有 20 万字，但我在不断推翻、重写、修改中，删掉的字数可能有几倍之多。整个写作过程太过痛苦了，让我感到备受折磨。但这部小说在我心中扎下了根，就像一棵盘根错节的大树，即使拦腰砍断，来年春天照样会长出绿意。所以当终于完稿时，我深情地拥抱自己，因为这不仅是我人生中的第一部小说，更是一次逆袭、一次攀登、一次照亮。随着电视剧《暗算》的热播和电影《风声》的热映，作品被不断加印。不过，时间和经历让我冷静下来：作家唯有靠作品说话，每次创作都是重新出发。

我要与过去的写作告别，无论是在题材、手法还是内容上。我写童年，写故乡，聆听自己最初的心跳；写父子情深，写世道人心，写在绝望中诞生的幸运，写在艰苦卓绝中的坚守。事实上也正是那些年，生活的磨炼唤醒了我对故土、故乡的感情，让我积蓄了新的势能。为了让写作沉下来，我给自己提出了硬性规定：每章开头的写法不能少于5种，每天不能超过500字。如果有了灵感字数写超了，第二天我会停下笔回头慢慢修改；如果感觉不好，就不强写。总之，多退少不补。整部小说写完后，我要求自己至少修改5遍，花费了5年时间终于磨下20万字。

挑战更快的速度，难。但在速度的惯性里慢下来，找到最适合的生活节奏、做事节奏，也不容易，有时需要付出双倍的气力。

在高速奔跑中，写作可能丢失了许多可贵的品质，也会让写作者失去应有的心态，比如耐心，比如坚守，比如安静。形式上花里胡哨，内容上哗众取宠，是文学的创新吗？不，正如坠落不是飞翔一样，表面上的热闹不等于创新。几年前，我读到一部长篇小说，这部小说慢慢地开始，慢慢地推进，慢慢地结束。它好像在把一段历史，一个地方，一个家族几十年的事和情，都摆放在茶桌上，以一种午后阳光移动的速度慢慢写来，前因后果，起承转合，娓娓道来；尽量将变迁的人和事、情和理、形和状、意和义，苍茫的外部和深邃的内部，说透画圆，圆得没有了线条和角度，透得像一层玻璃。我曾想用两个晚上把它读完，但20天后它还没有撤离我的床头。这是所有慢小说的特点，让阅读成了一种考验。但同时也在吸引我，那种慢写作身上有太多的肌肉和重量，它虽行动迟缓笨拙，却柔软、温暖。这也是文学应有的感觉，一种令人舒缓、轻松的感觉，一种让人身体慢下来又化开来的感觉。

如实说，这部小说的写法非常老派，谋篇布局和风格味道深得中国古典小说的精髓。让我惊讶的是，小说给我的第一感觉却不是“复古”，而是“创新”：一种崭新的姿态，一种久违的陌生感——就是因为它所传递出来的精神气象和很多写作不同，它敢于在热闹的环境下坚定自己的立场，用“笨拙”守护着生活和写作中可贵的“慢”。当快成了一种时尚，我是否还有耐心使文学本身慢的品质不致失传？当被推到喧嚣的中心时，我是否还能安于一个角落继续寂寞孤独地写作？我常常扪心自问。作家要被读者认同，关键是要有自己独到的视角和观点，而世界观的锤炼、作品的营构，需要经受磨炼，博览群书，岁月沉淀，这个过程就像种庄稼一样，急不得，也不用着急。

归根到底，文学的创新是要在已有的现实中敞开新的写作可能性，而这种可能性就蕴藏在我们伟大的时代和悠久的传统里。今天的中国正阔步走在伟大复兴的大道上，有很多值得书写的人和事，关键是怎样写。我们要脚踏实地，接生活的地气，续历史的文脉，而绝不能崇洋媚外，妄自菲薄。要找到属于自己观察世界的角度和深度。这也就是为什么我们今天再读《牡丹亭》《红楼梦》依然会流眼泪，仍然受到感动的原因。作品要走入人心、走向世界，作家要以最诚恳的姿态去挖掘和呈现人性的真善美，而不仅仅是猎奇。讲好中国故事，归根到底是要讲好中国人的故事，让世界听得到时代的脚步声。

《解密》《暗算》都是我十几年前的作品，曾经一个版权都没输出，为什么最近几年突然受到海外青睐？何止是我，这些年中国文学在世界的地位快速提升，翻译出去的作品数量呈几何级增长。说到底，是我们背后的中国强大了。文学作为认识一个国家、一个民族最便捷的途径，自然赢得了瞩目。伴随国家不断走向强盛，中国文学的影响力一定越来越大，新一代青年作家走向世界的可能性更会越来越大。

《人民日报》2021 年 8 月 31 日第 20 版

拓展阅读

新时代呼唤深入人心的文艺形象

柳　杨

2021 年 12 月 14 日，习近平总书记在中国文联十一大、中国作协十大开幕式上指出，“文学艺术以形象取胜，经典文艺形象会成为一个时代文艺的重要标识。一切有追求、有本领的文艺工作者要提高阅读生活的能力，不断发掘更多代表时代精神的新现象新人物，以源于生活又高于生活的艺术创造，以现实主义和浪漫主义相结合的美学风格，塑造更多吸引人、感染人、打动人的艺术形象，为时代留下令人难忘的艺术经典”。

从古至今，无论是文学名著还是戏剧经典，无论是影视精品还是舞台力作，总是以令人难忘的经典艺术形象征服读者、观众，并在历史长河中留下深刻印记。回顾经典文艺作品中的人物刻画、形象塑造有利于广大文艺工作者在新的历史起点上推出更多文艺精品，为时代塑造更多深入人心的艺术形象。

拓展阅读

经典形象汇成中国古代文学史

说到经典文艺形象，自然绕不开灿若星辰的中国古典文学作品。无数经典文学形象不仅汇成了中国文学史长河，更成为各个时代的重要标识，影响了一代代中国人的成长。

回顾中国文学史，大量传世经典之作往往与经典人物形象合而为一、彼此成就，小说、戏剧尤为突出。大约在金元之际，元杂剧形成并逐渐流行起来，而关汉卿等具有较高文化修养的专业编剧队伍的出现，为剧本创作注入了新的活力，在人物刻画方面实现了新的突破与提高。关汉卿代表作之一《窦娥冤》对主人公窦娥的塑造可谓登峰造极。王国维认为，将《窦娥冤》放在世界伟大的悲剧中也毫不逊色。可以说，作家成功塑造了“窦娥”，而“窦娥”成就了《窦娥冤》和作家。这样一个经典人物形象之所以流传至今，原因在于，作者借“窦娥”之经历揭示了深刻的社会问题，抨击了封建社会对贫苦老百姓的残酷压迫，表达了广大民众对公平秩序和安宁生活的向往。除了《窦娥冤》，同时期王实甫创作的《西厢记》，更是塑造了张生、崔莺莺、红娘等众多个性鲜明的人物形象，以精妙的人物塑造和跌宕起伏的戏剧冲突，展现一段突破封建礼教枷锁的美好爱情故事。两部作品在形象刻画方面的突破与成功，也是元杂剧在中国文学史

拓展阅读

上留名的一个重要原因。

我国成就最高、影响最大的古代小说作品莫过于四大名著，它们被改编成各种艺术形式，一直保持着旺盛的生命力，其原因就在于丰富的人物图谱吸引人、感染人、打动人。比如在《三国演义》中，智慧多谋的诸葛亮、宽厚仁爱的刘备、雄豪奸诈的曹操、勇武忠义的关羽、勇猛暴烈的张飞……这些“脸谱化”“类型化”的极致刻画使得大量经典艺术形象成为某种典型形象的代名词，一直为后世传颂。而《水浒传》在塑造人物方面又有新的突破。金圣叹评价《水浒传》中“人有其性情，人有其气质，人有其形状，人有其声口”，无论是108位梁山好汉，还是高俅等大小人物形象，其身份、经历、说话习惯等各有特点，人物的丰富性也有明显体现，比如鲁智深虽暴烈，却常常粗中有细、机智过人。到了明清，《西游记》《红楼梦》等作品掀起了白话小说流行新高潮，尤其在神魔刻画、人物的成长描写等方面极大地丰富了中国文学史，对后世创作产生了深远影响。

经典人物呈现百年党史

中国古典文学的繁荣发展为各类文艺创作提供了丰厚滋养，反过来，各类文艺形式对古典文学富矿的挖掘和再创

拓展阅读

造，又不断将古典文学的当下诠释推向新的高度，推动经典人物形象更加深入人心。比如，四大名著被改编成影视剧、搬上舞台等，尤其是央视推出的电视剧版四大名著，成功将文学经典形象搬上荧屏，具象化、立体化的荧屏形象深深烙印在一代代中国人的记忆中。正如很多观众所言："看完六小龄童饰演的孙悟空，从此这就是我心中的孙悟空。"

2021年是中国共产党成立100周年，在梳理总结百年文艺成就的过程中，大量经典艺术形象成为回顾百年党史的重要依托，也成为表现时代精神的重要标识。

中国共产党成立之初，早期共产党人就对文艺工作格外重视。尤其1942年延安文艺座谈会召开之后，广大文艺工作者更是掀起创作高潮，推出《白毛女》《小二黑结婚》等一大批广为流传的经典作品。作为民族歌剧的开山之作，《白毛女》不仅在艺术形式上进行了全新尝试，更是用一个个精彩唱段塑造出全新的白毛女形象，唱出"旧社会将人变成鬼，新社会将鬼变成人"的全新主题，唱出一个全新中国。70多年来，《白毛女》被改编成京剧、芭蕾舞、电影等多种艺术形式，至今仍具有旺盛的生命力和感染力，喜儿、杨白劳、黄世仁等正反面经典角色也持续散发着艺术魅力。

100年来，广大文艺工作者在中国共产党的带领下，通

拓展阅读

过一个个经典艺术形象吹响时代前进的号角。“共产主义教科书”《红岩》中用生命诠释信仰与忠诚的江姐；电影《党的女儿》中具有民族品质、有血有肉的革命女性形象李玉梅；电影《小兵张嘎》《闪闪的红星》中的少年英雄嘎子和潘冬子；各种文艺形式展现的雷锋形象、焦裕禄形象等，激励受剥削受压迫的劳苦大众浴血奋战、百折不挠，激励站起来的中国人民自力更生、发愤图强，激励改革开放大潮中的亿万人民解放思想、锐意进取，激励新时代的中国人民自信自强、守正创新，为增强人民力量、振奋民族精神发挥了重要作用。这些经典形象既有中国共产党人的优秀代表，又有广大人民群众优良品质的缩影，他们记录了党史、国史，又在不同时期持续散发出时代魅力。

新艺术形象描绘新时代气象

2021 年 12 月 8 日，《咬文嚼字》编辑部发布 2021 年度十大流行语，“百年未有之大变局”高居榜首。

党的十八大以来，中国共产党团结带领全国各族人民，实现第一个百年奋斗目标，朝着实现中华民族伟大复兴的宏伟目标继续前进，党和国家事业取得历史性成就、发生历史性变革，中华民族迎来了从站起来、富起来到强起来的伟大

拓展阅读

飞跃。尤其是2021年，这一年，我们如期打赢脱贫攻坚战，如期全面建成小康社会、实现第一个百年奋斗目标；顺利开启全面建设社会主义现代化国家、向第二个百年奋斗目标进军新征程；隆重庆祝中国共产党成立100周年，深入开展党史学习教育，全面总结党的百年奋斗重大成就和历史经验；全面推进中国特色大国外交，维护和践行真正的多边主义，努力构建新型国际关系，推动构建人类命运共同体。

面对百年未有之大变局，面对江山壮丽、人民豪迈、前程远大的当代中国，广大文艺工作者如何塑造更多吸引人、感染人、打动人的艺术形象，热忱描绘新时代新征程的恢宏气象，为时代留下令人难忘的艺术经典，将成为新的挑战。近年来，一批典型人物被搬上舞台和荧屏，鲜活的艺术形象传递着新的时代精神，如沪剧《敦煌女儿》展现以樊锦诗为代表的敦煌人的“莫高精神”；话剧《深海》展现“中国核潜艇之父”黄旭华为国家事业隐姓埋名的默默无闻；电影《守岛人》展现“人民楷模”王继才32年为国守岛的爱国奉献精神等。还有一些文艺作品回应时代，塑造出属于新时代的平凡英雄，如电视剧《山海情》中的脱贫攻坚基层干部马得福、电影《中国医生》中的抗疫英雄张竞予等。

一个时代有一个时代的文艺，一个时代有一个时代的经

拓展阅读

典艺术形象。新时代，新征程，在中华民族伟大复兴战略全局和世界百年未有之大变局中，我们既需要像《三国演义》中的人物那样“类型化”“脸谱化”、直击人心的典型形象，更需要丰满的、真实的、接地气的平凡英雄。广大文艺工作者应当树立大历史观、大时代观，明确文化和文艺的使命责任，以强烈的历史主动精神，把文艺创造写到民族复兴的历史上，写在人民奋斗的征程中，把更多经典艺术形象留在人民心中。

07

新时代新征程文艺事业繁荣发展的前进号角

李　屹

2021年12月14日，习近平总书记出席中国文联十一大、中国作协十大开幕式并发表重要讲话。这充分体现了以习近平同志为核心的党中央对文艺工作的高度重视，对广大文艺工作者深切的关怀关爱和殷切期望，让我们如沐春风、备感振奋、深受鼓舞。我们要加强理论武装，自觉用习近平总书记重要讲话精神指导创作，把讲话精神切实转化为推动新时代文艺繁荣发展的新作为。

高举思想之旗、精神之旗，以新风貌踔厉奋进新征程

坚持以马克思主义文艺观为指引，是社会主义文艺繁荣发展的根本要求。100年来，党领导文艺战线不断探索、实践，走出了一

条以马克思主义为指导、符合中国国情和文化传统、高扬人民性的文艺发展道路。回顾历史，马克思主义文艺理论中国化的每一次创新发展，都有力地促进了文艺创作的繁荣进步。习近平总书记在中国文联十一大、中国作协十大开幕式上的重要讲话，是马克思主义文艺理论中国化的最新篇章，为我们铸就新时代文艺高峰提供了思想武器。

科学理论是指引文艺奋进的光辉旗帜，也是文艺工作者最好的营养剂。当代中国，江山壮丽，人民豪迈，前程远大。时代为文艺繁荣发展提供了前所未有的历史机遇和广阔舞台，人民美好生活需要对文艺提出了崭新要求，时代之变、中国之进、人民之呼为文艺创作敞开了光明前景，也给文艺工作者提供了无比丰富的灵感来源和创作题材。躬逢伟大时代，心系民族复兴，文艺工作者肩负着培根铸魂、守正创新的使命任务，理应增强文化自觉、坚定文化自信，以强烈的历史主动精神，沐春风而踔厉奋进，仰北斗以勇毅前行。

习近平总书记关于文艺工作的重要论述，是推动文艺事业繁荣发展的根本遵循。学习贯彻习近平总书记重要讲话精神，是文艺工作者的基础课、必修课。学深学透这门课，我们才能真正理解当代中国文艺的现实逻辑和历史使命，才能正确回答新时代文艺“我是谁、为了谁、依靠谁”的根本问题，才能深刻把握社会主义文艺的基本规律。党的十八大以来，在习近平总书记关于文艺工作的重要论述指引下，我国文艺事业呈现出百花齐放、生机勃勃的繁荣景象。我们要把学习贯彻习近平总书记重要讲话精神与深刻认识党领导文艺的重大成就和宝贵经验结合起来，与新时代文艺肩负的职责使命和创作重点贯通起来，真切感悟其充沛的真理力量和实践力量，系统掌握其蕴含的新时代文艺价值论、方法论和创作论，不断提高洞悉生活本质、把握时代脉动、领悟人民心声的本领，使学习贯彻过程成为坚守艺术理想、砥砺从艺初心的过程，把学习贯彻的实践转化为书写人民史诗、讲好中国故事的创作成果，以高尚的操守、文质兼美的作品和崭新的精神风貌，奏响复兴路上的奋进凯歌、人民赞歌、时代壮歌。

推动文艺高质量发展，以新作为倾情讴歌新时代

文艺以精神表达和审美建构为特征，是滋养心灵的清泉，能给人们带来独特的、深层次的文化满足和精神提升。在意气风发地迈向第二个百年奋斗目标的新征程上，积极投身社会主义文化强国建设，我国文艺不仅要有体量的增长，更要有质量的提升。

我们要牢记习近平总书记对文艺工作者的殷殷嘱托，坚持把创作生产优秀作品作为中心环节，把高质量的文艺作品作为衡量文学家、艺术家人生价值的重要尺度，努力破解制约文艺创作质量的关键问题，既解决文艺作品“有没有”“多不多”的问题，更解决“优不优”“精不精”的问题。要全面精准把握人民多样化多层次的需求，及时关注人民随着时代和社会前进而不断发展的新需求，在审美领域、审美品质和审美形式上作出新的开拓，在创作形式、题材、体裁、风格、手法上作出新的突破，精益求精、勇于创新，不断推出思想深刻、清新质朴、刚健有力的优秀作品，把社会主义核心价值观生动活泼地体现出来，把有筋骨、有道德、有温度的东西活灵

活现地表现出来，积极引领社会审美，弘扬主流价值，充盈人民精神生活。

当前，我国文艺创作生产活跃，内容形式丰富，风格手法多样，涌现了一大批人民喜爱的优秀作品，呈现出蓬勃发展的生动景象。但同时也要清醒地看到，有数量缺质量、抄袭模仿、千篇一律等问题依然存在；文艺评价的权威性、公信力和影响力，文艺评论的朝气、锐气还有待提高；文艺工作者职业道德建设和行风建设依然任重道远。如何热忱描绘新时代新征程的恢宏气象，如何书写生生不息的人民史诗，如何用跟上时代的精品力作开拓文艺新境界，如何向世界展现可信、可爱、可敬的中国形象，如何在追求德艺双馨中成就人生价值，是摆在广大文艺工作者面前的重大课题。只有认真思考并加以破解，我们才能在新的赶考之路上交出精彩的答卷。这就要求我们必须树立大历史观、大时代观，以文弘业、以文培元，以文立心、以文铸魂，在把握历史进程和时代大势中，充分反映中华民族的千年巨变，深刻揭示百年中国的人间正道，展现中华历史之美、山河之美、文化之美，抒写中国人民奋斗之志、创造之力、发展之果，弘扬伟大建党精神，展现共产党人精神谱系，唱响昂扬向上的时代主旋律。

我们要深刻认识“生活就是人民，人民就是生活”的艺术真谛，始终坚持以人民为中心的创作导向，把人民放在心中最高位置，把生活作为创作的不竭源泉，把心、情、思沉到人民之中，把创作实践深深扎根到生活之中，让文心与民心相融、文气与民气相通。2022 年，文艺界围绕“喜迎二十大，礼赞新时代”的主题，着力加强现实题材文艺创作，不断发掘更多代表时代精神的新现象新人物，用多样化的艺术手法，定格奋斗者的高光时刻，展现拼搏者的精彩瞬间，呈现奉献者的生命光彩，用更多满足人民文化需求和增强人民精神力量的精品力作，鼓荡人民之志，守护人民之心，回报人民之恩。

我们要把握“以文化人，更能凝结心灵；以艺通心，更易沟通世界”的深刻道理。中国人民历来具有深厚的天下情怀，中国文化自古就有海纳百川的鲜明特质，中华民族始终追求美美与共的大同境界。广大文艺工作者应当以更为深邃的视野、更为博大的胸怀、更为自信的态度，坚守中华文化立场，瞩目人类共同命运，通古今之变，融中外之长，用情用力讲好中国故事，以艺术的方式表现中国的发展道路和成功秘诀，展现中国人民创造“两大奇迹”的生动实践，塑造更多为世界所认知的中华文化形象，在世界文学艺术领域鲜明确立中国气派、中国风范，为人类文明奉献独具魅力的色彩与声响。

弘扬天朗气清的行风艺德，以新风采充分彰显新担当

文艺承担着成风化人的职责。文艺工作者是塑造灵魂的工程师，其自身修养不只是个人私事。文学家、艺术家是有社会影响力的，一举一动都会对社会产生影响。文艺行风是全行业精神风貌的集中体现，也是文艺工作者思想境界、道德规范和价值追求的整体反映，直接影响整个文化领域乃至社会生活的生态。

党的十八大以来，习近平总书记就文艺界行风建设特别是文

艺工作者崇德修身、从艺做人作出了一系列重要论述和指示批示。习近平总书记在中国文联十一大、中国作协十大开幕式上明确提出“弘扬正道，在追求德艺双馨中成就人生价值”的要求。广大文艺工作者要认真贯彻落实习近平总书记的重要论述精神，牢记“立德树人的人，必先立己；铸魂培根的人，必先铸己”，自觉立德修身、崇德尚艺，把艺术追求融入党和人民事业之中，以坚定的信仰追求、卓越的艺术创造，绘就时代华彩、奏响时代强音，努力以高尚的道德操守、独特的人格魅力，引领社会风尚、赢得人民热爱。

正所谓“修辞立其诚”，永葆对艺术的敬畏之心和对专业的赤诚之心，是文艺工作者建功新时代的前提所在。要把社会责任和社会效益放在首位，把个人的道德修养、社会形象与作品的社会效果统一起来，自觉摒弃低格调的搞笑、无底线的放纵、博眼球的娱乐、不知止的欲望，自觉杜绝走捷径、求速成、逐虚名的念头，自觉破除一夜成名、一夜暴富的幻想，自觉抵制庸俗低俗媚俗的言行，决不做不良风气的制造者、跟风者、鼓吹者，决不搞光怪陆离、荒腔走板的东西，决不能沾染铜臭气、当市场的奴隶。

文艺创作是艰辛的创造性工作。每一部佳作的诞生，无不是心血的耕耘；每一次感动的掌声，无不是实力的展示；每一个动人的形象，无不是辛勤的塑造；每一次效益的增长，无不是品质的支撑；每一次声名的提升，无不是德艺的播扬。作为新时代的文艺工作者，我们要有“横眉冷对千夫指，俯首甘为孺子牛”的精神，也要有“铁肩担道义，妙手著文章”的情怀。对正能量，要奏响黄钟大吕，敢写敢歌；对丑恶事，要举起如椽大笔，敢怒敢批。在襟怀和学识的贯通、道德和才情的交融、人品和艺品的统一中，奉献文质兼美的作品，树立德艺双馨的形象，积极营造天朗气清的行业风气和山清水秀的文艺生态。

中国文联作为文艺行业组织，理应在行业建设中发挥主导作用。要按照习近平总书记关于紧扣“做人的工作”这一任务，聚焦创作生产优秀作品这一中心环节的明确要求，发挥组织优势和专业优势，创新工作体系，建设更具权威性、公信力、影响力的文艺评价体系，强化行业服务、行业管理、行业自律，团结引领广大文艺工作者自觉听党话、跟党走，加强对新的文艺组织和新的文艺群体的教育引导工作，引导青年文艺工作者守正道、走大道，多创新、出精品，挑大梁、当主角，努力造就新时代文学艺术的名家大家，让中国文艺的天空更加群星璀璨。

中国文联十一大、中国作协十大是我们党庆祝建党百年之后召开的第一次全国文代会、作代会。习近平总书记重要讲话是在新时代新征程上对文艺工作的新动员新部署。肩负重大责任、践行光荣使命，我们要以习近平总书记重要讲话精神为指引，坚定文化自信，牢记初心使命，辛勤创新创造，自觉立己铸己，开拓进取，服务奉献，不负时代，不负人民，为不断推进文艺事业繁荣发展，为建设社会主义文化强国，实现中华民族伟大复兴的中国梦作出新的更大贡献！

《人民日报》2022年2月18日第20版

拓展阅读

新征程上文艺家创作行动的指南

董学文

历史的经验一再表明，如何把创作搞上去，乃是做好文艺工作的重中之重。

习近平总书记在中国文联十一大、中国作协十大开幕式上的重要讲话，高屋建瓴、语重心长、催人奋进，凝聚着他对文艺事业的真切关怀和深邃思考，闪耀着马克思主义文艺理论的真理光芒。讲话既透彻阐明了文艺的方向、道路、发展规律等问题，又深入浅出揭示了搞好文艺创作的具体办法和措施。这些重要论述，对指导当前的文艺创作有着重大的现实意义，成为新时代新征程上文艺家创作的行动指南和根本遵循。

仔细分析不难发现，怎样把文艺创作搞好是轴心，而坚持正确的文艺价值观和审美观，则是这个轴心中的轴心。搞好文艺创作是一项系统工程。它包含许多环节，也涉及多个领域；它需要客观条件，也有赖于主观因素。“登高使人心旷，临流使人意远”。文艺工作者心系民族复兴伟业，热忱

拓展阅读

描绘新时代的恢宏气象，真情倾听时代发展的铿锵足音，生动讴歌改革创新的火热实践。这就把掌握历史方位，树立“大历史观”和“大时代观”放到了搞好文艺创作的前提性位置。文艺创作能否跟上时代的脚步，感应历史的脉动，展示壮美的画卷，谱写恢宏的史诗，深刻理解民族复兴的时代主题无疑是关键。因为艺术的生命是同国家命运、民族命运、人民愿望紧密联系在一起的。

搞好文艺创作与立场、源泉及服务对象等相关。这些不是枝节问题，而是根本问题；不是技术问题，而是灵魂问题；不是可有可无的问题，而是社会主义文艺区别于其他文艺的本质属性问题。文艺源于人民、为了人民、属于人民。要坚持以人民为中心的创作导向，把人民放在心中的最高位置。要坚守人民立场，书写生生不息的人民史诗，“让文艺的百花园永远为人民绽放”。这些话语，是历史唯物主义文艺观的郑重宣言；这些话语从前也说过，如今在新语境中重新定义，成为提高创作境界和文艺水准的动力之源。

“生活就是人民，人民就是生活”，文艺家不能虚构人民，不能调侃人民，更不能丑化人民，而“要把自己的思想倾向和情感同人民融为一体，把心、情、思沉到人民之中，同人民一道感受时代的脉搏、生命的光彩，为时代和人民放

拓展阅读

歌”。我们不能不想起恩格斯对文艺要歌颂“倔强的、叱咤风云的和革命的无产者”的呼吁，想起列宁对列夫·托尔斯泰作品和思想“反映了直到最底层都在掀起汹涌波涛的伟大的人民的海洋”的赞许，想起毛泽东对“为什么人的问题，是一个根本的问题，原则的问题”的强调。

习近平总书记指出，“衡量一个时代的文艺成就最终要看作品，衡量文学家、艺术家的人生价值也要看作品”，把创作文艺作品的重要性提高到前所未有的程度。无疑，文艺的时代成就与个人贡献，都是以作品为其标志的，每位创作者都应有这样的认识。那么，怎样才能创作出跟上时代的精品力作？怎样才能克服创作中存在的诸种弊端？怎样才能铸就中国文艺的新辉煌？一是要处理好“思想内容和艺术表达有机统一”，“把提高质量作为文艺作品的生命线”；二是要精益求精，敢于超越前人，勇于突破自我，抵制跟风照搬，认准“创新是文艺的生命”；三是要激活优秀传统文化的精华，使艺术创造力和中华文化价值、中华美学精神和当代审美追求结合在一起；四是要懂得“一切创作技巧和手段都是为内容服务的”，各艺术门类互融互通、艺术形式交叉融合，以此催生新文艺形式的诞生，拓宽文艺空间；五是要用情用力讲好中国故事，向世界展现可信、可爱、可敬的中国形

拓展阅读

象，同时坚守文艺的民族特性；六是要弘扬正道，追求德艺双馨，要向低俗、不良的风气说“不”。

要以高尚的操守与文质兼美的作品，“为历史存正气、为世人弘美德、为自身留清名”。这里谈到“内容和形式”的关系、“传承和创新”的关系、“古和今”的关系、“德和艺”的关系、“雅和俗”的关系、“世界性和民族性”的关系，等等。在整个马克思主义文艺理论发展史上，如此全面、系统、鞭辟入里地阐释和分析文艺创作问题，并就各种创作弊端开出诊治“药方”，是不多见的。这是马克思主义文艺理论中国化最新成果令人骄傲的地方。

08

勇担光荣使命　谱写时代华章

张宏森

2021 年 12 月 14 日，习近平总书记在中国文联十一大、中国作协十大开幕式上发表重要讲话，高度评价 100 年来党领导文艺取得的辉煌成就、积累的宝贵经验、走过的发展道路，高度评价党的十八大以来文艺界呈现的新气象新面貌，对广大文艺工作者给予充分肯定、高度信任和深切勉励。习近平总书记对文艺工作者提出的五点希望，深刻阐明了新时代新征程上文艺工作肩负的重大使命，科学回答了事关文艺事业长远发展的一系列重大理论与实践问题，提出了一系列新思想新观点新论断，丰富和发展了马克思主义文艺观。这篇闪耀着马克思主义真理光辉的纲领性文献，为做好新时代文艺工作提供了根本遵循，具有重大的现实意义和深远的历史意义。习近平总书记重要讲话让广大文艺工作者倍感温暖、深受鼓舞，在感动、光荣、自豪中认识到沉甸甸的责任。我们要深入学习贯彻落实习近平总书记重要讲话精神，增强文化自觉、坚定文化自信，以强烈的历史主动精神，积极投身社会主义文化强国建设，让文学在党和国家事业中、在人民生活中发挥更加积极主动的作用，奋力开辟新时代文学气象万千、群峰耸峙的壮阔境界。

书写中华民族新史诗，凝聚伟大复兴精神力量

实现中华民族伟大复兴，是近代以来中国人民和中华民族最伟大的梦想。100 年来，中国共产党把马克思主义基本原理同中国具体实际相结合、同中华优秀传统文化相结合，团结带领中国人民在这片广袤大地上绘就了人类发展史上波澜壮阔的壮美画卷，书写了中华民族几千年历史上最恢宏的史诗。党的十八大以来，中国特色社会主义进入新时代，中国共产党带领中国人民团结奋进，实现了第一个百年奋斗目标，在中华大地上全面建成了小康社会，正在意气风发向着全面建成社会主义现代化强国的第二个百年奋斗目标迈进。中国文学正是从中华民族伟大复兴的宏伟梦想中，获得不竭的精神动力、思想支撑和艺术资源。新时代新征程是当代中国文艺的历史方位。当代中国，江山壮丽，人民豪迈，前程远大。展现新时代的壮阔气象，描绘新时代的壮美画卷，书写新时代的恢宏史诗，是当代中国文学的神圣使命。广大作家只有把“小我”融入“大我”，把人生追求、艺术生命同国家前途、民族命运、人民愿望紧密结合起来，才能创作出与新时代相匹配的精品力作。

深刻理解新时代、生动表现新时代，必须树立大历史观、大时

代观。新时代文学要站在中华民族伟大复兴战略全局和世界百年未有之大变局的高度，以总揽历史长河的雄浑气魄，联结东西，贯通古今，审视人类文明的传统与轨迹，探寻时代发展的本质与规律，眺望正在生成的壮阔未来，擘画新时代文学的光荣与梦想。中国作家要以开阔的视野纵览时代洪流、历史沧海，以辩证的思考穿透壮阔现实、浩瀚生活，展现中华历史之美、山河之美、文化之美，抒写中国人民奋斗之志、创造之力、发展之果，全方位全景式展现新时代的精神气象。

坚守人民立场，讴歌人民创造

源于人民、为了人民、属于人民，是社会主义文艺的根本立场，也是社会主义文艺繁荣发展的动力所在。新时代文学要在对人民立场的坚守中，书写生生不息的人民史诗。

人民是文艺之母。人民追求美好生活的奋斗，是新时代文学的不竭源泉。习近平总书记指出，生活就是人民，人民就是生活。人民是历史的创造者，也是时代的创造者。源远流长的中华文明，近代以来中华民族的一次次伟大飞跃、一个个伟大奇迹、一部部壮丽史诗，都是由人民创造和书写，都在向当代作家发出召唤。深入人民生活，书写人民史诗，是新时代文学义不容辞的责任。

到生活中去，到人民中间去，首先要解决情感和立场问题。新时代作家只有解决好“我是谁、为了谁、依靠谁”这个根本问题，做到“身入”“心入”“情入”，把自己的情感与人民的情感融为一体，把人民的冷暖和幸福放在心中，欢乐着人民的欢乐，忧患着人民的忧患，才能塑造出吸引人、感染人、打动人的经典艺术形象，为新时代留下重要的文学标识。

新时代文学必须坚持人民至上。新时代的英雄不在别处，就在人民中间。广大作家要善于观察和提炼，从平凡中发现伟大，从质朴中发现崇高，塑造人民英雄形象。要摒弃简单化、概念化、机械化的书写，让人民形象有深度、有高度、有魅力，让体现中华文化优良传统和社会主义核心价值观的艺术经典立起来，走进文学史、照亮文学史、创造文学史。要用优秀文学作品滋养人民的审美观价值观，以有筋骨、有道德、有温度的艺术创造，讴歌人民的历史创造，激励人民奋进新时代、创造新生活。

守正创新，塑造文学新形态

习近平总书记指出："衡量一个时代的文艺成就最终要看作品，衡量文学家、艺术家的人生价值也要看作品。"优秀作品是一个时代文学高度的标志，也体现了时代的精神高度。创造新时代的精品力作，需要广大作家精益求精、勇于创新。

创新是文艺的生命。一部文学史，就是文学不断创新发展的历史。开辟新时代文学的新境界，需要文学观念的革故鼎新、思想内容的匠心独运、形式风格的多元探索。习近平总书记高度重视文艺创新，要求广大文艺工作者要有超越前人的"竞胜之心"，要"增强自我突破的勇气"。同时，创新不等同于光怪陆离、哗众取宠，不能为创新而创新。创新是"有根"的创新、"守正"的创新，是立足于中华文化传统的创新，是传统与现代相融合的创新。博大精深的中华文明是文艺创新的宝藏，要让中华优秀传统文化成为文艺创新的重要源泉。新时代作家要坚定文化自信，从中华优秀传统文化中萃取精华、获得灵感，唤醒激活历史文化资源，赋予其现实动能和当代意义，把艺术创造力与中华文化价值融合起来，将中华美学精神与当代审美价值结合起来，推动中华优秀传统文化创造性转化、创新性发展。

进入新时代，文学必须有开放包容的艺术胸怀，要面向未来，面向新的技术，面向无穷的可能性。歌德说："要成长，你必须独创才行。"当今时代，互联网、人工智能、大数据等现代科技飞速发展，既拓展了文学空间，也为文学创新带来了新的机遇。中国作家要深刻认识和把握现代传播格局的变化，敢于"破圈""跨界"，勇于突破旧的样式、旧的内容，广泛吸纳新的技术，辩证看待新的观念，大胆扩展文学边界，创新文学样态，在广纳博取中别开生面，在创新创造中熔铸精品。

用情用力讲好中国故事，展现好中国形象

文学是文化软实力的重要标志，是塑造和展示国家形象的重要载体，是世界性的语言。讲述好中国故事，展现好中国形象，是新时代文学的神圣职责。

中国作家必须更自觉、更主动地增强讲故事的能力，要以"更为深邃的视野、更为博大的胸怀、更为自信的态度，择取最能代表中国变革和中国精神的题材"，立足中华大地、扎根中国人民波澜壮阔的奋斗实践，讲述中国人民在拼搏奋斗中创造美好生活的故事，

塑造中华文化形象，展示生动立体的中国。

讲好中国故事，要有坚定的中华文化立场，要以“我”为主，展现中国话语、中国叙事、中华美学的魅力。习近平总书记强调：“文艺的民族特性体现了一个民族的文化辨识度。”中华民族在长期发展中积淀形成了独具民族特色的文化传统和艺术风格。讲好中国故事，要呈现中华美学的艺术风格和中华文化的独特魅力，在世界文学领域鲜明确立中国气派、中国风范。

讲好中国故事要有世界视野和人类情怀，要将中国审美旨趣、当代中国价值观念和全人类共同价值追求相结合，以文学的方式积极参与构建人类命运共同体。全球化时代，人类的现实生活、精神生产、未来命运高度联通。讲述中国故事，也是讲述世界故事；传递中国价值，就是参与人类共同价值构建。广大作家要有高度的使命感和责任感，心怀天下，放眼世界，用生动、精彩的中国故事赢得世界人民的共鸣和认同，向世界展现可信、可爱、可敬的中国形象。

坚守艺术理想，追求德艺双馨

习近平总书记深刻阐述了文艺工作者个人的道德修养、艺术修为与行业氛围、社会风气的密切关系，号召广大文艺工作者要把个人的道德修养、社会形象与作品的社会效果统一起来，坚守艺术理想，追求德艺双馨，努力以高尚的操守和文质兼美的作品，为历史存正气、为世人弘美德、为自身留清名。

诗品源自人品，文心辉映诗心。每一部传之久远的作品，都离不开创作者坚定的理想、高尚的情操、完善的人格与深厚的学养。

中华传统美学向来高度重视文学家的人格修养，认为道德与文章是浑然一体、不可分割的。韩愈将道德与文章的关系比作树根与枝叶、灯油与光亮的关系，“养其根而俟其实，加其膏而希其光。根之茂者其实遂，膏之沃者其光晔”。

文学是培根铸魂的工作，文学工作者肩负着启迪思想、陶冶情操、温润心灵的重要职责，承担着以文弘业、以文培元、以文立心、以文铸魂的使命。新时代新征程对广大文艺工作者的胸襟、眼界、人格、素养提出了更高的要求。要讲品位、讲格调、讲责任，堂堂正正做人、清清白白做事。要矢志不移追求艺术理想，努力创作出传得开、立得住、留得下的优秀作品。要弘扬行风艺德，树立文艺界良好社会形象，营造天朗气清的行业风气。

新时代新征程上，中国作家协会使命在肩、责任重大，只有躬身做事、勇毅前行，方能不负重托、不负使命。我们要继续紧扣“做人的工作”这一任务，把学习宣传贯彻习近平新时代中国特色社会主义思想作为首要政治任务，坚定不移贯彻党的文艺路线方针政策，深入把握习近平总书记关于文艺工作的重要论述的精髓要义；采取多种形式动员广大作家深入生活、扎根人民，引导作家反映新时代的现实生活、讴歌新征程的伟大实践，进一步激发作家参与党和国家中心工作、参与社会文化生活的活力和潜力；进一步为优秀文学人才提供脱颖而出的机会，为人才的成长创造良好的氛围，引导广大作家和文学工作者牢固树立“爱国为民，崇德尚艺”的价值观，推动作协工作和文学事业高质量发展。

乘风破浪潮头立，扬帆起航正当时。我们要以习近平总书记重要讲话精神为指引，弘扬正道，潜心创造，用思想深刻、清新质朴、刚健有力的文学创作，为中华民族伟大复兴凝聚起磅礴精神伟力，为社会主义文化强国建设贡献出新时代文学的强大力量。

《人民日报》2022 年 2 月 22 日第 20 版

拓展阅读

展现可信、可爱、可敬的中国形象

周飞亚

习近平总书记在党的二十大报告中指出："坚守中华文化立场，提炼展示中华文明的精神标识和文化精髓，加快构建中国话语和中国叙事体系，讲好中国故事、传播好中国声音，展现可信、可爱、可敬的中国形象。"

展现可信、可爱、可敬的中国形象，需要文艺创作者择取最能代表中国变革和中国精神的题材，用心用情打造精品力作。

穿镇入村，时走时停，聪明地用鼻子拧开水龙头，排队喝水；也会淘气地在庄稼地里胡吃海塞一顿，再施施然扬长而去……2021 年，云南，一群迁徙中的亚洲象成为"网红"，引起海内外观众的"追剧式"关注。象群所过之处，人群悄然避让。数月跋山涉水，穿越半个云南，象群安然无恙。

"大象们不会知道，有太多的人为它们一路守护。""我们期待，所有的'象'往之路都是更美的家园。"短篇纪实作品《大象奇游记》、纪实系列片《同象行》等真实再现了

拓展阅读

这幕人与自然和谐共生的温暖画面。

讲述一个创造人类发展奇迹的中国

雪山上，因为发动机熄火，高如泰眼睁睁地看着队友牺牲在面前。从此，造出性能优秀的发动机，成为他一生的信念。高航延续父亲的梦想，呕心沥血，终于实现了技术上的弯道超车。−52.3℃，漠河；49.6℃，火焰山；海拔5320米，唐古拉山……在高寒、高温、高原的“三高”测试中，国产重卡发动机经受住了重重考验，可高航的好友、测试工程师刘去来却永远留在了雪峰。

“钢铁的发动机也有泪滴”，歌剧《道路》中这段可歌可泣的故事，是我国各行各业拼搏奋斗、自主创新的一个剪影。

非凡十年，是由中国速度、中国深度、中国高度等不断跨越的奇迹所标注。这些令人心潮澎湃的成就，在纪录片里得到了集中体现。聚焦工程制造领域的《大国重器》《超级工程》《港珠澳大桥》，着眼农业领域的《种子　种子》《大国粮仓》，关注高新科技领域的《创新中国》……一部部影片，记录下属于这个时代的奋斗与风采。

中国脱贫攻坚的伟大实践，创造了人类减贫史上的奇迹。每个人都有一本自己的脱贫日记——

拓展阅读

“燕林，我把你和树苗埋在离隧道最近的地方。你们看着我，我就是用嘴啃，也要啃出一条路来！”坝上富村的姑娘邓迎香，为了爱情嫁进穷山沟，发誓要带乡亲们过上好日子。

黔剧《腊梅迎香》讲述了贵州省罗甸县麻怀村脱贫奔小康的故事。相似的情境，在脱贫攻坚的各个战场都曾真实“上演”，留下了许多带着鲜明地方特色的舞台艺术作品。彩调剧《新刘三姐》表现广西壮族自治区乡村迎来的火热新生活；黄梅戏《鸭儿嫂》以“扶贫先扶志”为切入点，凸显“精神脱贫”的重要性；淮剧《村里来了花喜鹊》展现文化振兴如何融入乡村振兴……

青山常在，绿水长流，空气常新，努力建设人与自然和谐共生的现代化国家，是当代人的责任和使命。一批生态主题的文艺作品集中涌现，从不同视角反映我国生态文明建设成就。有的作品描绘大美山川以及人与自然和谐相处的美好画面，如舞剧《大河之源》、纪录片《蔚蓝之境》等。有的作品讲述人们为保护环境作出的努力，如豫剧《大河安澜》中父子二人从守堤到治河的黄河生态治理故事、话剧《八步沙》中“六老汉”三代人治沙造林的故事。有的作品呈现生态与经济的“双赢”，如纪录片《长江之歌》中长江经济带生态环境保护5年来发生的转折性变化。

拓展阅读

近一亿人摆脱绝对贫困。2021年，全国居民人均可支配收入比2012年实际增长78%。2021年，全国地级及以上城市空气质量优良天数比率增至87.5%。截至2022年8月，黄河干流实现连续23年不断流……许多文艺作品记录了中国创造的奇迹，描绘了生机蓬勃的当代中国发展画卷。

呈现一个古老、文明、充满活力的中国

匠心独运的场馆“冰丝带”“雪如意”，活泼敦厚的“冰墩墩”和喜庆祥和的“雪容融”，开闭幕式上的二十四节气、黄河之水、中国结、迎客松、折柳寄情……每一处充满“中国味”的细节，都彰显了2022年北京冬奥会的人文之美。

“这是现代的声音。”“这是1000年前的声音。”“这是骨笛，有9000年的历史，是最远古的声音。”中央民族乐团笛子演奏家丁晓逵依次拿出3支笛子，音符从他的口边和指尖流淌而出，穿越了漫长历史。这是纪录片《如果国宝会说话》中的一个精彩片段。100件国宝，每集5分钟，让观众以全新视角认识了文明创造之美。

“同学们早上好，我们培田是一个有800年历史的古村落……”福建省龙岩市培田村，在村口树下，由德高望重的乡贤向晚辈讲授历史、追根溯源，这项传统已延续数百

拓展阅读

年。纪录片《记住乡愁》，全景式呈现了中国传统村落的风韵。以孝道传家、拥有 200 多座明清时期古民居的安徽屏山村，因商而兴、诚信为本的重庆濯水古镇，聚居着诸葛亮后裔、村中建筑格局按“八阵图”布列的浙江诸葛村……丰富多彩的民风民俗、独具特色的乡土之物、深沉丰厚的文化积淀，每一个传统村落都是中华文化活态传承的范例。

提炼展示中华文明的精神标识和文化精髓，涵养美好丰富的精神世界，是新时代诸多文艺作品的主题。《中国考古大会》《万里走单骑》《典籍里的中国》等一系列电视节目，让收藏在博物馆里的文物、陈列在广阔大地上的遗产、书写在典籍里的文字“活”了起来、“火”了起来。《我在故宫修文物》《遇见工匠》《与丝路打交道的人》等纪录片，展现了文化传承者的“工匠精神”和“择一事、终一生”的境界哲思。文化节目《最美中国戏》在世界文化遗产颐和园中成立“颐和戏社”，将户外真人秀和戏曲实景创演秀相结合，将传统戏曲与街舞、情景剧等时尚艺术形式结合，如诗如画的园林建筑景观与异彩纷呈的戏曲表演，共同构成独特的中国美学情境，彰显出传统文化应有的厚度。纪录片《舌尖上的中国》《风味人间》等，综合呈现了不同地域的饮食文化……这样的例子，数不胜数。

拓展阅读

记录、阐释、推介更多具有中国特色、体现中国精神、蕴藏中国智慧的优秀文化，文艺创作大有作为，还将大有可为。

展示一个和平、合作、负责任的中国

一个爱画画的肯尼亚女孩，为了找到合适的绘画老师，不顾家人反对，决定独自前往遥远的内罗毕。最终，通过乘坐中国与内罗毕合作修建的蒙内铁路，她找到了老师，继续自己的绘画梦想……这是“一带一路”纪录片《共同命运》中的一个片段。影片制作跨越了五大洲，记录了来自不同国家、不同人物的精彩故事，反映了不同国家和民族追求梦想与和谐的相同努力，也让全球观众了解到“中国方案”给世界带来的改变。

“如果眼睛好了，你最想看到什么？”面对黯然神伤、不愿随自己回医院的外国老妇人，年轻的中国医生张渡航语气耐心而温柔。老妇人颤颤巍巍地从怀里摸出一张照片，那上面，是她的儿子。“我们能治好你的眼睛，相信我们。你会看到你的儿子、海洋、天空、船、阳光、所有人。”电视剧《和平之舟》艺术化再现了中国“和平方舟”号医院船10余年来执行人道主义医疗救援任务的真实事迹，感人至深。

拓展阅读

今天的中国，积极参与国际事务，践行共商共建共享的全球治理观，推动构建人类命运共同体。伟大实践成就了一部又一部精彩的文艺作品。纪实电影《蓝色防线》记录了中国首支整建制维和步兵营在南苏丹执行维和任务的故事。电视剧《埃博拉前线》以2014年中国援非医疗队抗击埃博拉病毒的事迹为原型，表现了中非人民的深厚友谊、一个大国的国际担当。电影《湄公河行动》同样改编自真实事件，展现了缉毒警察的英勇无畏、中国为全球禁毒事业作出的努力。上述作品令人信服地证明：这是一个和平、合作、负责任的中国，更是一个可信、可爱、可敬的中国。

新时代新征程，广大文艺工作者正以更为深邃的视野、更为博大的胸怀、更为自信的态度，以文载道、以文传声、以文化人，让世界读懂中国。

09

展现平凡岗位上奋斗的精彩

刘大先

习近平总书记在庆祝中国共产主义青年团成立100周年大会上指出："实现中国梦是一场历史接力赛，当代青年要在实现民族复兴的赛道上奋勇争先。"实现民族复兴的新时代新征程上，新一代青年正在成长与崛起。他们有的是科技创新精英，担当研发与生产的生力军；有的返乡创业，与那些奋斗在乡村振兴一线的基层干部齐心协力脱贫攻坚，绘就乡村生态和谐的美丽图景；有的卫戍在广袤的边疆，守护着祖国的安宁；有的以纵横捭阖的魄力，驰骋在创业与商贸的战场；更多的则坚守在各行各业的平凡岗位上，默默地奉献着辛勤汗水……这些青年形象在文艺作品中有着多方面的表现，丰富着新时代文艺的内容构成和精神质地。用饱满的激情塑造当代中国青年形象，讲好中国故事，彰显中国精神，正成为当代文艺的一道亮丽风景。

新的时代，创新成为青年的历史使命

青年的命运从来都同时代紧密相连。新时代青年充满自信的精神风貌让人印象深刻，他们成长于中国综合国力日益提升的背景下，既有放眼世界的眼光和格局，又有立足本土的文化自信和自觉。怀着信心和抱负，新时代青年走向广袤大地，投身火热实践，到基层和人民中去建功立业，在现实生活的奋斗中绽放青春。

反映在文艺领域，一批讲述青春奋斗故事的各类型作品，更新着文艺画廊中的时代青年形象。报告文学《新时代的青春之歌——黄文秀》中，青年扶贫干部投身热土、心系群众，将生命奉献给脱贫攻坚事业；在现实题材网络文学《朝阳警事》中，年轻民警在烦琐的基层事务中淬炼成长；在电视剧《号手就位》中，大学生新兵在军营中历经磨砺，最终成长为火箭军“王牌号手”；在黄梅戏电影《鸭儿嫂》中，小康路上的农村青年靠着自强不息、诚信经营摘掉贫困户帽子后，还主动帮扶邻里，发扬守望相助的传统美德。这些投身于建设事业的年轻人在新时代新生活中找到属于自己的一方舞台，扎实奋进，发光发热，他们是这个时代的平凡英雄。

从战争年代抛头颅洒热血的革命志士，到改革开放时期勇立潮头的开路先锋，一个时代有一个时代的主流价值观，一个时代有一个时代的英雄形象。文艺作品从现实中提炼出青年一代的英雄主义，那就是将个人的理想追求融入时代的洪流，在平凡的人生中演绎奋斗的精彩。这些青年形象未必取得了世俗意义上的“成功”，但他们都勇于尝试、追逐梦想，赋予平凡生活以不平凡的意义。“当立鸿鹄之志，应有不屈之心。”经常出现在深受青年人喜爱的短视频作品中的这句话，折射出一代青年的志气与骨气、希望与未来。

在创造创新中展现青春活力

新的时代，创新成为青年的历史使命。论文只有写在大地上，才能焕发巨大势能，而青年正是科技创新的重要力量。北斗卫星团队核心成员平均年龄 36 岁，量子科学团队平均年龄 35 岁，中国天眼 FAST 研发团队平均年龄仅 30 岁……这些青年是推动中国科技走向强盛的生力军。

在近年科技题材、工业题材文艺创作中，青年科技人才形象十分醒目。以合肥科技创新城为原型的小说《追风》，书写了怀抱报国理想的海归知识青年自主研发无人机、不断进行技术突破和市场开拓的故事。这些青年朴素的外表下，蕴含着奋斗的激情与才情。长篇小说《归心》是一部半导体行业题材作品，在企业转型故事中，展现出青年科技人才学以致用、敏锐抓住机遇、敢打敢拼的精神面貌。

大众创业是时代潮流，青年在其中扮演重要角色。文艺作品对于这个时代命题也有所反映。电影《奇迹·笨小孩》讲述深圳青年工人克服资金、资源、人才的局限，通过工友们的精诚协作，以永不言弃的信念完成了几乎不可能完成的创业之旅。一个修手机的"笨小孩"创造了"奇迹"，成为改革开放前沿阵地无数创业故事的缩影。青年的奋斗动力来自充满无限潜力与可能的未来，奇迹就诞生于这个充满机遇的大时代。

《新时代的中国青年》白皮书显示，中国 6 岁至 18 岁未成年人互联网普及率达94.9%，青年人正深刻影响着互联网的发展潮流；在信息技术服务业、文化体育娱乐业、科技应用服务业等以创新创意为关键竞争力的行业中，青年占比均超过50%，成为创新创业的中坚力量……在互联网文艺等新型文艺样态中，青年正迸发着巨大的创新活力。以短视频为例，青年博主们充分释放其创造性，热情高涨地进行文艺创作。他们的作品成为当下国风国潮的重要体现，既向世界展现了生机勃勃的中华文化，也向世界呈现了拥抱传统、瞩目未来、创造创新的当代中国青年形象。

在青年形象中寄寓时代精神

青年面貌反映着时代的精神气象，文艺作品通过塑造青年形象，生动反映时代精神。从《创业史》中立足农村的梁生宝到《人生》中奔向城市的高加林，从《青春万岁》中朝气蓬勃的中学生到《北方的河》中胸怀天下的研究生……他们虽平凡却不甘于平庸，他们遭遇挫折却百折不挠，以刚健有为、质朴清新的气概与特质成为一个时代的醒目标识。直到今天，经典文艺作品中的青年形象仍然伴着历史的足音，穿越时空的隧道，带给读者、观众持久的感动。

百年来，中国文艺贯穿始终的是心怀“国之大者”的胸襟与情怀，将个人命运与国家命运紧紧相连。国家蓬勃发展，家庭酸甜苦辣，百姓喜怒哀乐，文艺要源于生活、高于生活，激发内在于每个人心中对幸福美好生活的向往。电视剧《我们的新时代》就具有这样的特点。剧集六个单元的故事都来源于真实素材，从排忧解难的社区志愿者到勇者无惧的排爆能手，从充满烟火气的社区琐事到关乎国家利益的航空工业，从繁华都市到美丽乡村，那些鲜明生动的人物与故事生机勃勃、活力四射，通过形象化呈现，彰显为道德的榜样、精神的范式、美学的典型。

无论时代如何改变，文艺都离不开对人物的精准刻画和对世界的真实反映；无论文艺如何发展，最令我们感动的，仍是那些拥有强大人物塑造能力的作品。从这一脉络来看，新时代文艺对青年的塑造显现出继承中创新的风貌。当然，当前文艺作品在形象塑造的典型性方面还有很大空间，我们需要沉下心来，用心发现，用情书写，通过更多青年文艺形象有力传达时代精神，建构新型美学，唤起精神力量。期待更多时代青年形象从现实和文艺中走来，为中国文艺画廊续写新的华章。

《人民日报》2022 年 5 月 20 日第 20 版

拓展阅读

用心演绎奋斗者的故事

邓　超

习近平总书记在中国文联十一大、中国作协十大开幕式上的重要讲话，对我们新时代电影人是巨大鼓舞。习近平总书记强调："希望广大文艺工作者用情用力讲好中国故事，向世界展现可信、可爱、可敬的中国形象。"在创作经历中，我对这一点感受很深。

时代为我国文艺繁荣发展提供了前所未有的广阔舞台，创作者需要不断去感受时代，体验生活，了解鲜活的人与事。我在这一过程中愈发感到，自己被现实里生动的中国故事和人物形象所感动、所召唤。2020年，我参与了脱贫攻坚主题电影《我和我的家乡》创作，联合导演并出演了"陕北篇"《回乡之路》单元。在剧本创作初期，我和俞白眉导演深入陕北采风，这一"扎"，如获至宝。中国大地上发生着如此波澜壮阔的故事，有这么多充满魅力、充满情感的现实人物！这种真实，为创作带来无穷力量。

对新时代演员来说，"信念"植根于伟大时代，"具体"来

拓展阅读

自无数奋斗者的故事。采风结束后，我们很快创作出主人公乔树林的形象，这个角色汇集了多个深深感动我们的现实人物。他身上有“沙地苹果创始人”张炳贵的影子。电影中的乔树林为了让荒沙披绿、长出“金果果”，遇到重重困难，现实中的张炳贵历尽艰辛，通过15年试种和技术改良，终于在2018年让苹果树大面积挂果，将300亩低矮稀疏的“老汉林”荒沙梁改造成经济林园。他身上有陕北一代代治沙人的影子，我们从“七一勋章”获得者石光银、治沙模范郭成旺、全国治沙英雄牛玉琴等前辈身上，提炼出人物坚韧不拔的毅力——生活在沙漠边，一代又一代用扎草方格等方式，以巨大的勇气、高远的志向，完成毛乌素沙漠变绿洲的壮举。他身上还有那些默默奉献的教育工作者的影子。采风时，我们被一位到大山里支教的女教师深深感动。她在说到“我在这，不能走”时落泪了，为了娃娃们，为了下一代，为了家乡，她最终选择留下来。

后来，我们请所有这些可爱、可敬的原型人物来到现场，客串影片最后一场戏“沙里沟中学校庆”，和主人公一起接受观众发自内心的喝彩。我想，乔树林不是一个人，他是脱贫攻坚壮举中千千万万辛勤付出的可爱的人们，所以他有着植根大地的深沉力量，这力量也能传递给表演者。

塑造好中国形象，还要深深望向历史。电影《金刚川》

拓展阅读

讲述中国人民志愿军抗美援朝、保家卫国的故事，我在其中饰演步兵连长高福来。有一个情节是战士们没有任务，现场很安静，高福来双眼看向前方，他蓦地回身一看，漫山遍野的战士，都是那么年轻，那么可爱。年轻的他们离开家乡，背起行囊，拿着有限的枪支弹药，毅然奔赴战场。我意识到志愿军战士也是像我们一样的血肉之躯，为了祖国和人民，用鲜血换来今天的幸福生活。他们的故事，值得我们永远铭记，值得我们用电影作品讲述好。

在这部电影里，高福来的最后一组镜头，是被敌军轰炸而壮烈牺牲的画面。为了演绎好，剧组工作人员在地上挖了一个洞，把我的下半身埋在里面。埋进洞里的时候，我看着眼前那座战士们誓死保卫的桥，看着在水里英勇战斗的战士们，一刹那，我被高福来这一人物带到了历史现场，从内心变成一名真正的战士。可以说，这些最可爱的人的真实故事，成为我们表演最重要的养分来源。

作为一名演员、导演，要完成好伟大时代布置给我们的“作业”，征途漫漫，惟有奋斗。我将继续扎根中国大地，用情用力创作更多彰显中国审美旨趣、传播当代中国价值观念、反映全人类共同价值追求的电影作品，塑造好鲜活、生动、立体的中国形象。

10

热忱描绘新时代新征程的恢宏气象

李敬泽

1942年5月，毛泽东发表《在延安文艺座谈会上的讲话》（以下简称《讲话》），将马克思主义基本原理同中国具体实际相结合，阐明了文艺为什么人的根本问题，深刻论述了文艺和人民群众、文艺和革命斗争、文艺和社会生活的关系，是一篇马克思主义的光辉文献。在《讲话》开辟的广阔思想和实践空间中，具有中国特色、中国风格、中国气派的人民文艺，为中华民族新文化的发展作出了重要贡献。中国特色社会主义进入新时代，习近平总书记高度重视文艺工作，作出一系列重要论述，与《讲话》一脉相承，是新的历史条件下中国化的马克思主义文艺观的重大创新发展，为新时代中国文艺指明了前进方向，提供了根本遵循。在这条继往开来的宽广道路上，广大文艺工作者心系民族复兴伟业，热忱描绘新时代新征程的恢宏气象。

80年来，中国共产党领导文艺战线不断探索、实践，走出了一条以马克思主义为指导、符合中国国情和文化传统、高扬人民性的文艺发展道路，《讲话》为这条道路确立了前进方向。我们要坚持以习近平新时代中国特色社会主义思想为指导，继承和弘扬《讲话》精神，深刻领会“两个确立”的决定性意义，增强“四个意识”、坚定“四个自信”、做到“两个维护”，以强烈历史主动精神推进社会主义文化强国建设，为实现中华民族伟大复兴提供强大价值引导力、文化凝聚力、精神推动力。

重温《讲话》精神，就是要在宏大的历史方位中树立文艺的方向和使命。立足于对历史前进方向的深刻把握，立足于“客观存在的事实”，毛泽东指出：在我们为中国人民解放的斗争中，有文化和军事两条战线，文艺必须“很好地成为整个革命机器的一个组成部分”。毛泽东认为，不存在抽象的、永恒不变的定义好了的文艺，“我们讨论问题，应当从实际出发，不是从定义出发。如果我们按照教科书，找到什么是文学、什么是艺术的定义，然后按照它们来规定今天文艺运动的方针，来评判今天所发生的各种见解和争论，这种方法是不正确的”。必须在经济基础和上层建筑的总体结构中、在社会历史发展进程中确立文艺的方向、塑造文艺的形态，这为中国化的马克思主义文艺观奠定了根本思想前提。

2014年，习近平总书记在文艺工作座谈会上提出的第一个问题，就是“实现中华民族伟大复兴需要中华文化繁荣兴盛”。习近平总书记指出：“为什么要高度重视文艺和文艺工作？这个问题，首先要放在我国和世界发展大势中来审视”“今天，我们比历史上任何时期都更接近中华民族伟大复兴的目标，比历史上任何时期都更有信心、有能力实现这个目标”“伟大事业需要伟大精神。实现这个伟大事业，文艺的作用不可替代，文艺工作者大有可为”。2021 年，习近平总书记在中国文联十一大、中国作协十大开幕式上明确指出：“新时代新征程是当代中国文艺的历史方位”“希望广大文艺工作者心系民族复兴伟业，热忱描绘新时代新征程的恢宏气象”。

从《讲话》到习近平总书记关于文艺工作的重要论述，贯穿着马克思主义的立场观点方法，始终把文艺放在社会历史的总体性视野中、放在从建立新中国到踏上新征程的中华民族伟大复兴事业的宏大历史中去认识和把握。文艺由此成为中国人民创造历史的伟大实践的有机组成部分，成为具有强烈历史主动精神的能动力量，在创造历史的过程中展开自身，获得方向和道路，获得深刻的历史必然性和广阔的创造空间，焕发着面向未来的强大生命力和创造力。

重温《讲话》精神，就是要深刻认识中国社会主义文艺的本质。“为什么人的问题，是一个根本的问题，原则的问题。”毛泽东旗帜鲜明地提出：“我们的文学艺术都是为人民大众的，首先是为工农兵的”。作为中国人民创造历史的伟大斗争的一部分，文艺必须把人民这一历史的主体作为根本的出发点和落脚点，作为源泉、对象和目的。习近平总书记指出，“人民需要文艺”“文艺需要人民”“人民既是历史的创造者、也是历史的见证者，既是历史的‘剧中人’、也是历史的‘剧作者’”，从根本上阐明了人民在新时代中国特色社会主义文艺的中心地位。

高扬人民性的人民文艺构成了中国文艺的光荣传统和丰沛资源。在《讲话》精神指引下，中国文艺从内容到形式发生了深刻变革，来自人民的革命者和无数普通劳动者、建设者被认识、表现和讴歌，人民成为自己命运的主人、历史的主人和文艺的主人。正如毛泽东在《实践论》中阐述的，无产阶级从“自在”走向“自为”，文艺在这个过程中不仅担负着反映和表现的功能，同时也通过刻画人民的形象有力地召唤、动员和凝聚着人民，由此在中国和世界文艺的历史上迸发出巨大的革命性能量。

以人民为中心，为中国文艺敞开了政治的、历史的、美学的、艺术的广阔天地。习近平总书记在文艺工作座谈会上指出：“人民不是抽象的符号，而是一个一个具体的人，有血有肉，有情感，有爱恨，有梦想，也有内心的冲突和挣扎。”这是中国化的马克思主义文艺观的重大理论创新。为了人民、走向人民，永远是一个从具体到总体、从总体回到具体的辩证动态过程，在人民和历史的总体性视野中同时蕴含着生活的丰富性、生动性和差异性。文艺作为一种艺术地把握世界的方式，既是政治的、社会历史的，也是生活的和经验的，这是巨大的挑战，更是一个时代文艺高峰的标志。

重温《讲话》精神，就是要深刻认识文艺工作者主体建构和自我革命的重要意义。毛泽东指出：人民生活“是一切文学艺术的取之不尽、用之不竭的唯一的源泉”，“中国的革命的文学家艺术家，有出息的文学家艺术家，必须到群众中去，必须长期地无条件地全心全意地到工农兵群众中去，到火热的斗争中去，到唯一的最广大最丰富的源泉中去，观察、体验、研究、分析一切人，一切阶级，一切群众，一切生动的生活形式和斗争形式，一切文学和艺术的原始材料，然后才有可能进入创作过程”。这既是文学创作的基本规律，同时又深刻揭示了在人民文艺的道路上作家艺术家必须实现主体的更新建构。正如习近平总书记所说：“生活就是人民，人民就是生活。”要在人民的实践中打开广大的生活世界，同时在广大的生活世界中认识和领会人民的实践和创造。在这个意义上，人民的作家艺术家不仅仅是专业分工意义上的从业者，而首先是人民生活和斗争实践的积极参与者，这意味着“立足点”的转移，意味着深入群众、深入生活的行动和实践，意味着通过自我革命超越个人的局限，与群众“打成一片”。

习近平总书记在新的历史条件下对此作出了深入阐述。习近平总书记指出：“文艺要热爱人民”“广大文艺工作者只有深入人民群众、了解人民的辛勤劳动、感知人民的喜怒哀乐，才能洞悉生活本质，才能把握时代脉动，才能领悟人民心声，才能使文艺创作具有深沉的力量和隽永的魅力。广大文艺工作者不仅要让人民成为作品的主角，而且要把自己的思想倾向和情感同人民融为一体，把心、情、思沉到人民之中，同人民一道感受时代的脉搏、生命的光彩，为时代和人民放歌”。“心、情、思”的一体，这既是身与心、理性与情感的同步，也是知与行的合一。

从《讲话》到习近平总书记关于文艺工作的重要论述，中国化的马克思主义文艺观的理论和实践与时俱进、不断发展，形成了深邃博大的理论体系，开辟了文艺实践和创造的广阔道路。80 年前，在《讲话》最后，毛泽东满怀信心、满怀期待地指出，广大革命文艺工作者“一定能够改造自己和自己作品的面貌，一定能够创造出许多为人民大众所热烈欢迎的优秀的作品，一定能够把革命根据地的文艺运动和全中国的文艺运动推进到一个光辉的新阶段”。80年来，在《讲话》精神指引下，中国革命文艺和社会主义文艺创造了无愧于时代、历史、人民的业绩。在习近平新时代中国特色社会主义思想指引下，中国文艺必将在新时代新征程上开辟更加光辉灿烂的新阶段。

《人民日报》2022年5月26日第20版

拓展阅读

以优秀作品全方位全景式展现新时代的精神气象

赵梦頔

近年来，现实题材电视剧创作数量、播出热度、社会关注度居高不下，开拓了大众化、生活化的荧屏世界，展现出影视剧制作的新风貌。《人世间》《山海情》《大江大河》《小舍得》《父母爱情》等电视剧，通过普通人、家常事展现新中国成立以来的时代洪流，剧中有血有肉的平凡人物，让故事更接地气。

最是真实动人心。金滩村，马得福在西北的风沙中建设家园，带领村民种蘑菇脱贫致富；松山岛，江德福一家在东部的海风中守护着祖国的海疆；“光字片”，周秉昆一家在东北的严寒中维系着平凡家庭的温暖，与时代一起前行……现实题材电视剧呈现着真实的生活场景、真实的喜怒哀乐、真实的命运变迁，以鲜活生动的影像记录下时代阔步前行的足迹。现实题材电视剧的走红说明，一切创作技巧和手段都是为内容服务的，优秀的文艺作品需要做到思想内容和艺术表

拓展阅读

达有机统一、社会现实与艺术想象有机统一。

人民是文艺之母。源于人民、为了人民、属于人民，是社会主义文艺的根本立场，也是现实题材电视剧经久不衰的关键。现实题材电视剧从社会热点、民生关切中获取创作灵感，将人们关注的教育、医疗、住房、生育、养老等话题作为创作主题，并从微观个体的视角进行电视艺术演绎，因而能够让观众有置身剧中的代入感，在不知不觉中引发情感共鸣。这说明，只有深入人民群众、了解人民的辛勤劳动、感知人民的喜怒哀乐，才能洞悉生活本质，才能把握时代脉动，才能领悟人民心声，才能使文艺创作具有深沉的力量和隽永的魅力。

从更大的视角来看，现实题材电视剧展现着微观个体与伟大时代的“双向奔赴”。《人世间》作为一部以当代中国历史为背景的时代剧，以周秉昆一家几十年的经历为主要内容，通过普通人物的命运变迁展现改革开放的时代洪流。《山海情》以福建对口帮扶宁夏西海固为背景，讲述了人们将飞沙走石的“干沙滩”建设成人人安居乐业的“金沙滩”的故事，从中可以感受到打赢脱贫攻坚战的时代脉动。以小见大、以点带面，做到普遍性与特殊性相统一，不仅让宏大叙事通过具体细节变得可知可感，也通过艺术的方式揭示出

拓展阅读

时代进步的奥秘，即每个人的拼搏奋斗，汇聚成了推动时代前行的强大合力。

以文化人，更能凝结心灵；以艺通心，更易沟通世界。现实题材电视剧的流行，说明当今中国正在发生的伟大变革为文艺创作提供了取之不尽的资源。在时代的脉搏中感悟艺术的脉动，在人民的奋斗中汲取创作的养分，从时代之变、中国之进、人民之呼中提炼主题、萃取题材，抒写中国人民奋斗之志、创造之力、发展之果，就能创作出更多彰显中国审美旨趣、传播当代中国价值观念、反映全人类共同价值追求的优秀作品，全方位全景式展现新时代的精神气象。

立足中国大地，讲好中国故事。以更为深邃的视野、更为博大的胸怀、更为自信的态度，择取最能代表中国变革和中国精神的题材进行艺术表现，塑造更多为世界所认知的中华文化形象，才能不断推动社会主义文艺繁荣发展，向世界展示一个生动立体的中国。

11

为人民和时代放歌

雷　佳

习近平总书记在中国文联十一大、中国作协十大开幕式上发表重要讲话，希望广大文艺工作者“心系民族复兴伟业，热忱描绘新时代新征程的恢宏气象”“用情用力讲好中国故事，向世界展现可信、可爱、可敬的中国形象”。我有幸在北京人民大会堂现场聆听重要讲话，备受鼓舞。

歌剧被誉为“艺术皇冠上的明珠”，作为歌剧演员，我一直热爱歌剧表演艺术。从 2001 年起，我先后出演《再别康桥》《米脂婆姨绥德汉》《雪白的鸽子》《木兰》《运河谣》《白毛女》《党的女儿》等多部作品。从南北朝时期的花木兰到明朝万历年间的水红莲，从民国时期的林徽因、第二次国内革命战争时期的田玉梅到抗日战争时期的喜儿，我塑造的这些角色带着不同时代的烙印。还有的角色富有鲜明的地域色彩，如青海湖畔的尕冬妹、陕北大地上的青青，等等。

生活和人民帮助我塑造角色。出演《米脂婆姨绥德汉》，我们到陕西榆林采风数月，和当地民间艺术团的演员们一起生活、排练，让角色一开口就是地道陕北话；排演歌剧《白毛女》时，我同剧组来到河北石家庄市平山县北冶乡河坊村采风，与乡亲们同吃同住同劳动，请他们教我烧柴、和面、贴饼子……每一次采风，都迅速拉近了我与角色的距离，老乡们朴实的笑容、真挚的情谊也一直印刻在我的脑海里。我告诉自己，必须把这里的歌唱好，把发生在这里的故事讲好。

采风的过程和角色化的创作方法，帮助我更好地理解人物、演绎歌曲。在乡野林间、田间地头听到的美妙旋律，让我对民歌更加了解和喜爱。在各地采风创作基础上，2006 年我推出民歌专辑《蒲公英的天空》，2008 年推出《中华五十六民族之歌》专辑；2017 年，在老师指导下，我推出《源远流长　寻根之旅》民族民间专场音乐会，汇报我在民族民间音乐学习上的收获和感悟。大地的歌声滋养了我，我希望把自己的所学所感唱给更多人听。

人间烟火气，最抚凡人心。工作生活里听到的百姓故事，丰富了我对生活的理解。录制电视剧《山海情》主题曲《花儿一唱天下春》时，我想起了在宁夏采风的时光，西北人民的热情和直爽在我脑海涌现，我主动和作曲老师商量，决定用方言演唱歌曲的前半部分；电视剧《人世间》描绘了半个世纪的百姓生活史，在同名主题曲创作前期，我就参与其中，琢磨怎样用更恰当的音乐形象表达剧情，希望自己既能唱出悲欢离合的故事，也能唱出人间烟火的温暖。人民是历史的创造者，老百姓的酸甜苦辣又何尝不是与国家发展紧密相连！人民群众的生活智慧，永远值得我学习和体会。

20 年的军旅生涯，让我常常有机会前往边海防一线、边疆哨所慰问演出，每一次下基层演出对我而言都是一次心灵洗礼。我的一系列军旅作品，如《芦花》《晚风吹过哨塔》《解放军来了》等，也在这一次次洗礼中打磨成熟。2021 年央视春晚上，我演唱的《请放心吧！祖国》，受到观众喜爱。歌曲《我用生命守护你》讲述守岛英雄王继才 32 年如一日的坚守，《清澈的爱》歌唱年仅 18 岁的戍边烈士陈祥榕对祖国最深情的告白……为战士们而歌，为人民英雄而歌，我心怀感激，这对我来说也是一个自我净化、自我升华的过程。

这些年，我多次在国内外大型活动中，用歌声讲述中国共产党、中国人民和中国文化的故事。2021 年，在庆祝中国共产党成立 100 周年文艺演出《伟大征程》中，我与 8 名来自四川大凉山的孩子共同献唱《唱支山歌给党听》。不管是排练还是正式演出，每一次音乐响起，我就抑制不住自己的眼泪。20 多年前，14 岁的我凭着对歌唱的热爱，独自一人踏上求学之路，朝着自己梦想的舞台出发；现在，站在舞台上的我，用心歌唱对党、对国家深沉的爱，用真情为人民和时代放歌。

《人民日报》2022 年 6 月 14 日第 20 版

拓展阅读

用歌声传递正能量

乌兰图雅

习近平总书记在中国文联十一大、中国作协十大开幕式上发表重要讲话，强调“要坚持以人民为中心的创作导向”，号召广大文艺工作者“坚守人民立场，书写生生不息的人民史诗”。作为一名从草原一路唱到北京的歌手，我倍感振奋和鼓舞。

文化是民族的精神命脉，文艺是时代的号角。只有把自己的音乐理想、音乐事业融入党和人民的事业，我们的奋斗才更有价值。抗击新冠肺炎疫情期间，我录制歌曲《最美的温暖》，献给奋战在抗疫一线的医务人员；全面建成小康社会之际，我和团队推出原创作品《锦绣小康》，歌唱时代新气象；在中国共产党成立100周年之际，我演唱《绿水青山歌声飞》《共同富裕》等歌曲，在歌声中展现党团结带领全党全国各族人民不断奋斗取得的伟大成就；创作《各族儿女心向党》《中华民族一家亲》等作品，歌唱各族人民在中华民族大家庭中像石榴籽一样紧紧抱在一起的团结。这些歌曲

拓展阅读

受到大家的喜爱，传唱度比较高，同时在创作、排练的过程中，我对党、对时代、对家乡也有了更加深刻的认识。

只有把人民群众装在心里，在火热的生活中挖掘并积累鲜活生动的素材，我们的作品才能接地气、入人心，富有时代气息。2019年，我在广西百色参加公益演出，当地观众自发地站起来和我一起唱、一起跳，每一位村民的脸上都洋溢着开心的笑容。这一幕强烈地打动了我。演出结束后，我和团队创作了歌曲《点赞新时代》，展现人们在新时代阳光照耀下的幸福与喜悦。这首歌推出后被迅速传唱，并入选“中国梦”主题新创作歌曲、国家体育总局全国广场舞推广曲目，获得第十五届精神文明建设“五个一工程”奖。

在2022年北京冬奥会开幕式热场节目中，有一首我演唱的《站在草原望北京》。和《点赞新时代》一样，这首歌经常被各地广场舞爱好者选用。我曾经和方舱医院直播连线，教医护人员唱跳《站在草原望北京》，他们再教给康复中的患者，鼓励大家战胜疫情。我之所以倡导广场舞，和一位老奶奶有关。在一次节目录制中，这位86岁的老奶奶说，老伴走了以后，她一直走不出困境，后来身边的朋友带着她一起跳广场舞，她才慢慢开朗起来，走出痛苦。这位老奶奶的话让我深刻认识到，社会需要正能量作品。作为一名歌唱者，理

拓展阅读

应承担起这份责任，为大家创作出更多优秀作品。多年来我一直致力于广场舞歌曲创作，让跳舞的人不仅感受到快乐，还能增强归属感和幸福感，同时借此呼吁全社会关注“银发族”的精神文化生活。为宣传健康中国战略，我已发行3张广场舞教学专辑，还参与广场舞展演、线下线上广场舞教学活动等，带动更多人一起健身，传递积极的生活理念。

我不仅是一名歌唱者，还是一名文艺志愿者，“为人民歌唱”贯穿在上百场文艺志愿活动中。而观众听众回馈给我的，远远多于我的付出。当我去山区慰问留守儿童时，有的孩子特意采来一捧野花送给我，有的孩子把自己舍不得吃的鸡蛋塞到我手里就羞涩地走开，还有的孩子把自己的心愿和祝福写在纸条上送给我，我感动得流下泪水。孩子们的纯真善良和对美好生活的向往，深深地打动了我。作为文艺工作者，我应该为他们做些什么。告别山区，我和团队创作了关爱留守儿童的公益歌曲《山里的孩子》，希望通过这首歌给孩子们传递爱和温暖。一名12岁的女孩不幸患有严重眼疾，她有一个愿望，就是希望能在失明之前见到我、拥抱我。我知道这个消息后，马上和女孩取得联系，邀请她来北京参加我的演唱会，和我同台演唱，希望为女孩增添一份面对困难的勇气，呵护女孩心中不灭的光。

拓展阅读

这些年一路走来，有汗水、有收获，有拼搏、有感悟，我的文艺生涯有了更坚定的方向和目标。未来的路还很长，我将努力创作更多好作品奉献给人民。就像《乌兰牧骑之恋》中唱的那样，我愿永远做草原上的“红色文艺轻骑兵”，永远为人民歌唱。

12

自然与人文家园的丹青礼赞

潘鲁生

2022 年 6 月，我国第六个“文化和自然遗产日”系列活动成功举办，展示了我国文化和自然遗产保护工作取得的历史性成就。一系列围绕文化和自然遗产展开的美术创作，通过艺术化表达、意象化再现、对意境与精神的诠释，以及多元的传播方式，彰显了我国文化和自然遗产深厚的人文内涵、崭新的发展面貌和独特的智慧创造。

辉映深厚人文内涵

以文化和自然遗产为题材的美术作品，大多体现出深厚的人文内涵。在这些美术作品中，自然风物、天地大美往往与工艺劳作、风土人情相辉映，传递出自然与人文相融共生之美。

在不少作品中，山川河流不再是人物形象的背景，富有特色的自然景观也不只是画面的点缀或信息的载体，而是透射着人的情谊、品格和精神的自然，是哺育、塑造了地域人文风情的自然。像张路江油画《壮美广西》，林立高耸的奇峰既展现了中国南方喀斯特的典型风貌，又承载着漓江山水之境的丰厚底蕴。经由美术工作者的“加工”，中华大地自然遗产中的人文属性、精神内涵得到了淋漓尽致的诠释和表达。作品往往融入了创作者的生活视角、生命体验和艺术灵感，富有感染力。

历经岁月洗礼的文化遗产，在自然环境的映衬下，更添几分神韵。许多美术作品也以此为切入点，通过当代艺术视角，再次体验、发现、认识文化遗产的独特魅力。靳尚谊油画《世界文化遗产——海龙屯》，以充满诗意的笔法描绘了这座幽藏群山之间的土司遗址。画面中，优美的自然风光与厚重的土司文化交织，屹立的石质建筑遗存蜿蜒伸向远方，带领观者一同走入历史风云。毛岱宗油画《云冈石窟全景》，展现了意蕴宏大的摩崖造像，也映现出我国自古以来致力于促进文化交流、文明交融的胸襟。张仁芝中国画《颐和园揽胜图》，以传统山水画的散点透视构图，综览颐和园万寿山的园林布局和主体建筑群，通过自然景色和人工建筑的巧妙结合，展现皇家园林集雄秀为一身的人文景观……借助这些美术作品，观众得以再次深刻注视、深情凝视、深入体验我国文化和自然遗产的魅力。

借由艺术的再创造，相关美术作品实现了创作者、公众与遗产之间的情感沟通。美术创作搭建了这样一种桥梁，镜鉴历史，烛照人心，使遗产不只是遗产，还是心底温暖的感动和继续前行的自信。

记录崭新发展面貌

美术工作者还聚焦遗产保护、传承和发展的崭新面貌。透过作品可以看到，华夏热土上瑰丽雄奇的自然遗存与灿若群星的文化积淀，正成为国风国潮的创意源泉，展现着古老遗产的蓬勃活力。

一些美术作品直接表现文化遗产的时代风采，捕捉传统工艺造物、民间戏曲表演、民族歌舞仪式的瞬间，把握劳作中的欢愉、戏曲中的传承、歌舞里的生活，形成富有层次、感染力和思想深度的表达。例如，录洁囡中国画《碑拓》，以工笔技法描绘了一位正在拓碑的老手艺人，大面积的黑白拓片使作品充满静穆之美。透过人物专注的神态，观者不难感受到手艺人在时代变化中对传统文化的执着坚守。王力克油画《传奇·流光溢彩》，将刀马旦的飒爽英姿和稍纵即逝的美定格为浓墨重彩的画面，喻示传统戏曲发展的勃勃生机。韩硕中国画《纳西古乐》，以凝练的笔墨，将老中青三代乐师的形象刻画得入木三分、各具神韵，生动讲述了非物质文化遗产活起来的中国故事。这些作品画“遗产”却不止步于历史、不疏离于生活，在描绘平凡日常中展现了文化遗产保护和传承的步伐。

文化遗产的多元传承，也受到美术工作者关注。何晓玲中国画《彝绣》，表现了一位绣娘向游客介绍绣品的场景。陈继海中国画《吾道有承》，展现了一老一小共赏皮影戏的画面。还有许多类似的美术作品，都印证了一个时代新象——无论年龄、性别、职业如何，人们越发愿意通过各种渠道了解、学习传统工艺。这些作品的诞生，与我国建立国家级非物质文化遗产代表性传承人制度、推动非遗从“保护名录”走进“现代生活”是密不可分的。

相关题材美术作品的创作参与主体也更为多元。比如，由国家文物局指导举办的系列“丹青记忆 守望家园——中国文化遗产美术展”，不仅组织美术工作者、美术院校师生参与主题创作，还鼓励孩子们用画笔描绘身边熟悉的文化和自然遗产，培育和引导孩子们对遗产的认识和情感。又如，新华社、国家文物局联合主办的“中华文物新媒体传播精品平台”，汇聚云展览、动漫、短视频等新媒体产品，丰富和拓宽了文化遗产的展示和传播方式。众多业余美术爱好者也主动对文化和自然遗产进行描画、研习，提炼、运用其中的标志性造型、纹饰、符号等，并通过网络平台形成多元化的传播。

美术创作是视觉的呈现表达，形象而直观，往往能带领观者由感性的体验进入理性的思考。正因如此，以文化和自然遗产为题材的美术作品不仅有助于人们认识遗产的价值，也使人们深刻感受到身边生活中的文化力量。

诠释独特智慧创造

作为对历史文化、社会生活的艺术再现，以文化和自然遗产为题材的美术作品，体现了我国文化和自然遗产蕴藏的独特智慧，也彰显了其国际贡献。

五岳之首泰山，作为我国第一个世界文化与自然双重遗产，其申报成功，为世界遗产的评价带来新的标准。泰山也是美术工作者热衷表现的题材。在崔光武油画《瑞雪初照中升坊》中，泰山的磅礴气势跃然纸上。于亘古洪荒中仿佛静止的宏大景观，成为中华民族精神追求的象征，博大沉静、朴素坚毅。美术工作者用画笔接续传递的自然之美、理念之美、创造之美，让观者对双重遗产特殊的地质科学价值、悠久的历史文化价值、较高的美学价值有了更加直观的体验。袁文彬油画《留园秋色》，以斑斓的色彩描绘可赏、可游、可居的苏州古典园林，揭示“虽由人作，宛自天开”的营造智慧，及其走出国门、海外造园异彩纷呈的深层原因。

近年来，我国通过开展广泛国际合作、实施全方位遗产保护等，为世界贡献了遗产保护的可贵经验。一些美术作品艺术地展现了这一发展变化。如栾剑中国画《大运河新颜——淮安段》，将大运河的古今之景绘于同一画面。其中，当代水利建设工程——淮河入海水道大运河立交枢纽，作为反映遗产保护和管理的杰作，得到画家细致深入地刻画，呈现出别致的古韵。在良渚古城遗址公园，不少美术工作者多次来到这里采风，切身感受到考古遗址已如公园般美丽。在张文惠油画《良渚古城祭坛遗址》等一批作品中，不仅可以领略良渚文明的悠远厚重，也可以了解大遗址保护利用的中国式探索。

这些美术作品的涌现，意味着我国的文化和自然遗产保护，已不只是“名录”上的遗产保护、博物馆里的遗产保护，或是只有身临其境才能知悉的遗产保护，而是进入了更广泛、更多元、更具创新活力的发展阶段。人们可以经由艺术的再创作、再呈现、再诠释而穿越时空获得感动，可以经由艺术的提炼和表达获得启示，可以经由数字传播等获得沉浸式体验，不断加深理解与共鸣。美术作品这扇“窗”，让更多的人看到绵远悠长的文化古韵、人文内涵，感知扑面而来的生活气息、崭新面貌。

《人民日报》2022年6月26日第8版

拓展阅读

两匹马为何“自然闯入”我的小说中

叶尔克西·胡尔曼别克

平时，我喜欢看有关生态的电视专题，特别是那些充满人文关怀的专题片。如《精彩中国》《人类星球》《狂野非洲》……镜头里有绿油油的稻田、美丽的山村、野性的大地、狂野的海洋、劲风的草原，我为生命的伟大与美丽叹服。如果说，那是镜头的语言，文字同样也能以自己的方式，捕捉、记录身边日常里的生命点滴。它们就在身边，并不遥远。这些日常的点滴一旦以文字的方式呈现，就是文化的、人文的、审美的，是可以传承的。审美是对生态、生命的重新认识和发现的过程，发现我们与自然万物如何在这个蓝色的星球上相依为命，即便有相互博弈的一面，最终也是为了升华我们的认知——让自己变得更加美丽，更加尊崇道德，更加理性，更好地保护自己，也远离对它们的伤害，最终保持人与自然的和谐。

我生活在新疆，幸运地与自然生态环境有着一种天然的相处与亲近。这样讲，并不是说我一来到这个世界上，骨子

拓展阅读

里就带着对生态的“思考”，而是一生下来就对它有某种依赖和责任。

记得曾与一名国外的作家交流，他是他们国家的少数族裔作家。他说从我的文字中能听到一种声音。那种声音，就像他童年时，曾听到在密西西比河岸种棉花的黑人曾祖母唱起的古老拾棉小调。那种声音与天空、泥土浑然天成，纯粹又宁静。他问我，这声音从何而来？

他的问题让我很感动，明白了他想知道什么。我告诉他：我来自中国新疆，出生在亚洲大陆的腹地。一个出生在这样地方的孩子，能感知来自四大海洋的季风从耳边吹过，更能感知一股小风吹过脚下一丛骆驼刺发出的风鸣；能听到一只母羊呼唤它的孩子时发出的声音。而母羊发出的声音，竟然会成为一位牧羊人家的女人声带中的摇篮小调，安抚摇床里的幼儿。她的孩子会在她天籁般的声音中酣睡入梦。听了我的回答，那个作家柔软地拍着巴掌说：作家应该寻找和表达的就是这样的声音。

显然，关于文学关怀什么，我们的感触是一致的。生态写作，无论我们冠以它生态文学之名，还是别的什么，实际上最终关注的是人类共同的价值，生命共同体的价值。无论东方还是西方，也无论是草原还是海洋、森林还是荒漠，无

拓展阅读

论皮肤与种族存在怎样的不同，我们面对的是同一个世界。人类只有一个星球。生态文学最高的价值就是表达和寻求人与自然的整体利益。

这几年，我陆续写了长篇小说《歇马台》《白水台》。两部作品都是以新疆牧区生活为背景。牧区特殊的背景，让我的文字自然而然地触及人与生态环境、与牛羊、与马、与狗、与牧草树木的那些日常。两部作品里都写了两匹马，作为故事的主要叙事者。有趣的是，在键盘上打字，写作前构思，我并没有要刻意写它们的想法，而是它们自然地进入了我的构思空间，跳进文档的页面，并以主人公的方式成为叙事的主人，承载它们的价值。虽然这是应了“到什么山，唱什么歌”的老话，有什么素材打什么字，但如果有所取舍，删除了它们的存在，我无法想象牧区生活那种特有的广阔和深刻将何以呈现，即便能呈现也一定会有缺失。就像拍摄热带雨林，画面里没有五彩的鸟儿，海洋里没有五彩的鱼儿。作品中的这两匹马，一匹叫白马北极星，一匹叫红，它们虽然是“自然闯入”，却自带光芒，虽然不能像人类一样思想，却似乎有超越人类的精神。它们尊崇自己的尊严，以自己的方式与自然相处、交流，用自己的方式保护赖以生存的环境。当气候发生变化、食物短缺时，它们会寻找新的可能，

拓展阅读

为使曾经给了它们滋养的土地得以喘息。我曾狭隘地以为，牧人的四季转场是牛羊跟着人走。后来发现，事实上是人跟着牛羊转场。牛羊是转场的主角。因为它们已经掌握了草原和气候的生长规律。而马作为放牧人家生产资料的天花板，似乎最明白环境之道、生存之道。它们明白优生的意义，明白维护族群的尊严，明白食草饮水何以为净。

来自农村牧区作者的写作中，总有一份关于人与环境的自然表达。他们的诗歌主要表达人与自然关系的思考，他们的小说叙事总是擅长对地理环境的描写，地貌、河流、山体、沙漠、植被草木，总让他们津津乐道、乐此不疲。而且，这种描写总会加大量的定语以限定和形容，让人惊讶这些写作者在信息大爆炸的当下，依然会用这种慢节奏的，或者说从容淡定的方式，用文字来表达他们的发现和感受。或许，生态写作的快乐，就应该来自这种淡定。当路边一株默默生长的马齿苋，不被人知，写作者却能看见它向四周努力伸展枝叶；当一只云雀在头顶鸣叫，写作者会用目光努力搜寻哪片云彩更有诗情画意……

当然，生态写作也面临困境。总的来说，在当下，传统的文学写作受到五花八门的影视作品、云端的海量短视频、丰富多元的网络文学严重挤压。另外，现实生活也在发生着

拓展阅读

变化。我去农牧区体验生活，看到一些一出生就被主人关在牛棚里的小牛犊，不但失去了传说里“不怕虎”的那份懵懂豪气，更缺失了与自然相处的可能。主人颇有成就感地告诉我，这牛犊可以定时“放风”，沐浴日光，而关在牛棚里的牛妈，也能喝到主人亲手做的铁皮大桶里储存的水。小牛犊将在一年之后迅速成长，为主人带来不菲的收益。听着主人的话，看着小牛的境遇，心里难免五味杂陈。主人需要物质收入，无可厚非，也不好褒贬。但牛羊呢？生产和生活正在发生着变化，文学写作将如何传承和弘扬其所倡导、追求的价值内涵，以使人与自然、人与环境保持住业已延续千年的美好？

面对这样的困境，生态写作的意义和价值越来越清晰。因为人类对大自然的保护意识，与大自然和谐共处的美好愿望，终究不会因为各种利益的挤压而退缩、消失。生态写作的目标并不是超越自然，而是尊重自然、顺应自然、保护自然，倡导绿色、文明的理念，构建人类命运共同体，实现文学的终极价值。

13

用古典美展现时代新韵

庞茂琨

2021 年 12 月 14 日，习近平总书记在中国文联十一大、中国作协十大开幕式上指出：“我们必须明白一个道理，一切创作技巧和手段都是为内容服务的。科技发展、技术革新可以带来新的艺术表达和渲染方式，但艺术的丰盈始终有赖于生活。要正确运用新的技术、新的手段，激发创意灵感、丰富文化内涵、表达思想情感，使文艺创作呈现更有内涵、更有潜力的新境界。”我有幸现场聆听，深受鼓舞。

我长期深耕于油画创作，始终在传承与创新的艺术道路上孜孜以求。自油画传入中国，一代代美术工作者不断展开油画民族化探索。他们在中外不同的艺术体系中寻找融合点，在兼收并蓄、转化再造中进行多种形式的创新，赋予油画中国韵味。作为一名油画家，我早年涉猎各种风格流派，直至研究生期间，我迷恋上古典油画——它不仅具有写实、叙事的功用，还充分考验着创作者的艺术功力和表达能力。通过深入探寻，我发现古典油画同样追求中华优秀传统文化所崇尚的和谐之美、气韵之美。从此，我确立了自己的艺术方位，即以古典主义风格刻画生活中的典雅之美、静穆之美，赋予写实油画以新的活力。

在四川美术学院读书期间，我的绘画观念深受学院影响。四川美术学院一直以现实主义艺术为追求。从生活中提炼艺术的创作传统，驱使着一代代川美人不断传承创新，力求生产出有精神分量的美术佳作。以罗中立油画《父亲》为代表的乡土题材美术作品，便是经典之作。所以，无论我多么迷恋古典主义风格、认真研习技法，它们都只是我表现生活、表达思想的路径。我的作品所关注的对象和折射的人文精神，始终是中国的。我创作于 1983 年的成名作《苹果熟了》，便用古典主义手法描绘了一位劳作间隙中的妇女形象。厚重的笔触、简约的构图以及凝重的色彩，将日常生活题材进行精神性的转化，让观者从中感受到一种庄严感和静谧的诗意，实现了对乡土题材的美学升华。

30 余年来，我的创作始终立足时代生活，题材不断变化。从早期的民族题材到都市题材、历史题材等，我从不同视角切入历史现场和社会生活，探索古典主义油画语言对当下文化情境的表达与呈现，从而在创作中实现对精神世界的观照。我一直努力通过形象塑造实现情感传递。所以，在人物形象刻画中，我既重视现场写生以保持人物的生动性，又力求超越表象所见，让观者通过具体形象体验特定语境下人的精神状态，从而实现精神共鸣。

艺术家的使命就是感受时代脉动，传递时代强音。主题性美术创作最能考验创作者对时代主题的把握与提炼、考验创作者的创新能力。近年来，我也更加关注主题性美术创作，通过创作、评审及组织师生参与主题性美术创作，加深对艺术与时代关系的认识。在抗击新冠肺炎疫情期间，我创作了油画三联画《永恒与短暂》。作品以写实手法，用古典主义风格，定格医护人员抗击新冠肺炎疫情时休憩的瞬间。对人物精神状态的细致刻画，使画面基于写实而又超越单纯写实，纯色的背景更增强了人物的厚重感，使整幅画面呈现出一种肃穆、庄重的艺术氛围，起到以个体折射群体的作用，凸显医护人员勇于奉献的精神风貌。为庆祝中国共产党成立100周年，我充分发挥油画优长，创作了《开天辟地》和《彝家新村欢迎您》，在保持个人风格的同时，以当代视角反映百年党史的历史瞬间。《开天辟地》的创作中，我力求在尊重历史真实的基础上，着重反映革命先辈们在中国共产党成立时展现出的坚定信念与自信风貌;《彝家新村欢迎您》的创作中，我以巧妙的构图，表现出彝族人民内心的激动以及对乡村振兴的信心。两幅作品都重在传达一种感人的力量。

艺术创新绝非单纯的图式翻新，每一种成功的视觉样式，都表现出特定的哲学观念、情感体验、精神诉求。油画的民族化探索，需要在时代生活中不断进行创造性转化、创新性发展。我将继续致力于古典油画语言与民族审美的结合，使中国油画在时代精神的表达中焕发新的艺术光彩。

《人民日报》2022年8月28日第8版

拓展阅读

传世古画缘何成为传统文化的“超链接”

郭克俭　邱　正

继舞蹈诗剧《只此青绿》后，中国东方演艺集团推出了《听此青绿——乐咏千里江山》音乐会，这是对《千里江山图》这一超级IP的又一次开发利用。近年来，“高冷”的传世古画，开始成为热门IP，从《富春山居图》到《千里江山图》，从《清明上河图》到《冰嬉图》，它们为不同类型的文艺创作，既提供了素材和灵感，又贡献了流量和“噱头”。当然，在这一过程中，这些古画也走出“深宫大院”，走进普通人的生活，成为现代人打开传统文化的“超链接”。

中国传世古画用色彩记录中华民族绵延五千年的悠久历史和横亘万里的锦绣河山，承载着中华民族珍贵的文化记忆。艺术家通过对传世画作的二度开发，既创作出符合现代人审美的文艺作品，又唤醒了人们对历史资源的人文记忆，更重要的是开掘蕴藏于国宝背后的深层文化内涵，让传统文化以轻盈灵动的姿态走进年轻人的内心。

拓展阅读

重重似画，曲曲如屏。相较而言，舞蹈界和音乐界对传统古画的开发利用比较广泛。古画是静态的，如何将静态的画化为动态的舞蹈、音乐等新作品？主创人员不仅要对文史资料深入学习研究，还要有根植于现实又超越现实的艺术想象力。

群山绵延、峰峦叠嶂，江湖浩荡、庭阁清幽，万千景色争奇斗艳、绿柳红花相衬其间，《千里江山图》中的大好河山雄浑恢宏、秀丽壮美。在没有多少文献素材可以参考的情况下，如何把眼前这样一幅静态的画作用舞台艺术的形式呈现出来？《只此青绿》的创作者们通过一次次采风考察，终于构建起作品的整体结构：展开价值连城的千年古卷，追寻天才少年胸怀天下、心向美好、曲折跌宕的学艺历程，挖掘画家创作过程中坚韧不拔、感人至深的动人故事。这个创作过程，完全是一次放飞想象的旅程。出土的古画卷中的人物，大都以“屈曲”姿态为主。《忆江南》的主创们通过艺术想象，将古画中一个个“屈曲”的动作连成一个整体，让古画中的人物活了起来，舞了起来，并带领观众在舞蹈中穿梭进入《富春山居图》。可以说，艺术家丰富的想象力是打开古画这一传统文化宝藏的“金钥匙”。

从舞蹈诗剧《只此青绿》到创意音舞诗画《忆江南》，

拓展阅读

这些作品之所以能火爆出圈，不仅在于创作者大胆放飞想象的翅膀，还在于创作者始终对传统文化心怀敬畏之心。他们没有为了所谓的“创新”而加入任何离奇、煽情、时髦的元素，更没有为了吸引眼球而歪曲历史、“不拘小节”、张冠李戴。正如《只此青绿》的主创接受媒体采访时强调：“时时留心，处处留意，生怕将传统文化的细节弄错了，将传统文化的魅力弄丢了。”对传统文化的敬畏，犹如一盏指路明灯，让艺术家和艺术机构在开发利用古画 IP 时不迷失方向。

传统古画为现代人架起了一座通往传统文化的桥。搭建起这座桥的，除了艺术家的创意，还有各种现代科技手段，甚至可以说，正是有了现代科技的赋能，各种文化创意才能实现高度融合，通往传统文化场域的桥梁才能建得宽阔而坚固。依托于 CG（计算机图形学）特效、AI（人工智能）、全息投影、VR（虚拟现实）、AR（增强现实）等技术手段，一分为二的《富春山居图》成功合体，《秋林读书图》可以从平面变得立体，今天的人们可以穿越千年时空，感受《清明上河图》中的人声鼎沸和车水马龙。有了现代科技手段的支撑，如今不仅“人在画中游”成为现实，古画也可以以舞蹈、音乐、动漫、电影等多种现代方式“打开”。

通过“打开”古画，我们找到了一条进入传统文化的新

拓展阅读

通道。有人说：古画动了，世界静了。古画所蕴含的文化富矿一经打开，悠远的历史场景、历经岁月沉淀的色彩、饱蘸感情的笔触、娴熟精湛的技艺，一下子把人拉回到“从前慢”的时代。还有人说：古画动了，身体里的DNA也跟着动了。因为古人的丹青创作和现代的艺术形式相互碰撞，唤醒了国人内心深处的文化自信和对中华优秀文化的认同。

14

为时代画像　为英模立传

黄定山

我是一名有着 40 多年军龄的部队文艺工作者，成长在湖南这片红色土地上。我创作的大部分作品都是革命历史题材和当代现实题材，作品中的主人公大多是革命先烈、英雄模范。崇尚英雄、追求崇高是人类天性。无论时代如何变化，英雄故事、英雄气概永远可以打动人、感染人、鼓舞人。对于我来说，每一次创作都是一次灵魂上的洗礼、心灵上的净化。作为新时代文艺工作者，我们需要思考怎样讲好英模故事，让作品更加贴近当代观众。

英模题材文艺创作大多基于人物原型和真实历史事件。考虑到观众进入戏剧情境前，可能对舞台上的人和事比较陌生，于是在剧本构思阶段，我就努力寻找人物故事与当代观众的共情点。歌剧《英·雄》，讲述了中国共产党第一个女党员缪伯英和丈夫何孟雄

“既以身许党，应为党的事业牺牲”的故事。排演时，我就在想，百年前的这群年轻人，为了心中信仰不畏艰险，甚至献出了生命；现在的年轻人虽然与革命先辈相隔一个世纪，但青春的无畏、奋斗的底色都是相通的。《英·雄》在清华大学首演时座无虚席，很多学生流下了感动的泪水。演出结束后，现场响起了热烈的掌声，我的胸腔中也涌动着一股暖流。这个青春的故事打动了当下的年轻人。

在符合历史逻辑的基础上，创作也要发挥艺术表现力，做到“大事不虚，小事不拘”。我始终坚持创作要去探究人物的“可能性”。这个“可能性”要符合人物的性格特点、理想追求，类似一群人的形象高度集中在剧中某个人物身上。比如，歌剧《沂蒙山》中夏荷这个人物是虚构的，但她融合了现实中多个真实人物形象。夏荷来自山东济南，出身于书香门第，这正是抗日烈士辛锐的人生经历；夏荷在牺牲之前以血奶喂养刚出生的女儿，给她取名“小沂蒙”并托孤的情节，取材于抗日英雄陈若克的真实故事。这两个真实的人物构成了夏荷的角色，让夏荷的人物形象更加鲜明并具有代表性。又如，长征路上“半条棉被”的故事已经被大家熟知，我们在歌剧《半条红军被》中充分发挥艺术想象空间，从剪下半条棉被的三位女红军战士出走之后说起，结合历史事件生动阐释“什么是共产党？共产党就是自己有一条被子，也要剪下半条给老百姓的人”。

话剧、歌剧、戏曲……无论是何种体裁，创作者都要充分展现其艺术特性。在表现“共和国勋章”、国家最高科学技术奖获得者，我国第一代核潜艇总设计师黄旭华人生故事的话剧《深海》中，我将舞台设计充分融合电影手段，借助光影的变化，构建出黄旭华的内心世界，塑造以黄旭华为代表的科研人员形象，展现他们为了国家默默奋斗的一生。例如开场，扑面而来的是一段长达3分多钟的视频。屏幕上潜艇声呐一条直线沿着巨大圆环急速扫描，探测着深海的一切。声呐扫描和潜艇下潜的画面交错出现，突然被一团巨大的红色火焰打断，随后剧名“深海”两个大字出现，与之相伴是雄浑厚重、荡气回肠的交响乐配曲。这样充满科技感和冲击力的视听方式，不仅增强戏剧悬念，也反映人物内心的变化，凸显“深海”现实与心灵的双重象征——它既是物理空间的存在，是核潜艇试验所要面对的300米深度极限和科研攻关的目标所在；同时也是黄旭华内心世界的烛照，对祖国似深海般深沉的爱，赋予他面对险境、危机、挫折、名利时的超然与笃定。

舞台要生动，生动来自生活。在生活中除了要积累故事情节，还要积累人物形象，积累情境细节。这就需要创作者走进现场，扎实采访。我曾用一年时间走遍原晋察冀地区72个县，就是为了深入剧中人物，真正理解剧中人物的行为动机，并将人物与历史背景融为一体。在排演歌剧《沂蒙山》时，我们沿着八路军115师东进路线进行了深入采风，更加理解了“生死与共、水乳交融”的军民情谊。把书本上的历史事件落脚在活生生的人物形象身上，这不仅仅是创作者拨开云雾的创作切口，也是历史题材连接当下的观照方式。

时代为文艺繁荣发展提供了前所未有的广阔舞台。作为新时代文艺工作者，我们重任在肩，义不容辞，必须创作出更多讴歌党、讴歌祖国、讴歌人民、讴歌英模的作品，不负伟大的时代。

《人民日报》2022年9月6日第20版

拓展阅读

让英雄故事和英雄精神广为传扬

许永昌

浩瀚无垠的千里戈壁，一只野兔正在悠闲地觅食，突然，大地开始震颤，野兔惊慌逃窜。地平线上出现一股钢铁洪流，漫天尘土高高扬起。天空中，武装直升机飞行编队正呼啸而来；地面上，整齐有序的炮管抬起，密集的炮弹在天空中拉开一道“火弹幕”……军旅题材电视剧《决胜零距离》用逼真的演习画面表现解放军指战员“训练场就是战场”的战斗作风，表现“开训就是开战”的决心和意志。

和部队官兵一起以实战演习方式完成《决胜零距离》拍摄后，作为该剧导演，我对如何拍摄好当代军旅剧，有了更深一层的感悟和思考。作为部队文艺战线上的战士，把准时代脉搏、创作出好作品是我们的重要任务，而要完成好这项任务，离不开对当代军人世界的真实表现。

准确展现思想内涵，是军旅剧灵魂所在。十年来，我参与导演的军旅剧在思想内涵上力求表现时代脉动、军人风采。《我是特种兵之利刃出鞘》和《我是特种兵之火凤凰》

拓展阅读

表现中国军人永不言败的钢铁意志，剧中人物顽强拼搏、刻苦磨砺，最终从普通士兵成长为特种战士。《我是特种兵之霹雳火》通过艰苦训练、执行任务等情节，展示中国军人对国家和人民的忠诚与担当。《反恐特战队之猎影》表现严峻挑战下反恐队员的奉献和牺牲精神。《蓝军出击》以蓝军先进作战样式，展示我军各级指战员在强军征途上强烈的使命担当和远大的理想抱负。“能打仗、打胜仗”是军队的使命，也是军事改革进程中广大解放军官兵为之奋斗的目标。2018年准备《决胜零距离》时，我就将这部剧的思想主题确定为表现解放军“备战打仗”的决心意志。

文艺作品只有真实才会可信，只有可信，其传达的思想才会为观众接受，才能产生良好的艺术效果。逼真还原演习场景是军旅剧的“硬核”，不仅可以展示宏大震撼的战斗场面，还能表现演习中各级指战员的作战意识。《决胜零距离》在故事层面凸显“仗怎么打，兵就怎么练”，在拍摄制作层面则力求“仗怎么打，戏就怎么拍”。在军事科技专家支持下，我们虚构了一种交战系统，一方面，可以尽最大可能还原真实战场；另一方面，可以将艺术效果最大化。主创们努力还原“一切从实战出发”的军营生活，从而让观众们深切地感受到，在自己的身后有这样一支无畏而强大的人民军队

拓展阅读

守护着国家的和平安宁。

生动塑造人物形象，是创作的另一个关键。军人是一个特殊群体，他们是父母、是儿女，更是担负着特殊使命的战士。当今时代，年轻人多是怀揣着从军报国、实现人生价值的使命感参军入伍。他们工作生活在军营，有着不同于常人的生存环境，也有着与众不同的精神世界。塑造军人，就要走进军人的内心。在一次和某特战旅特战队员交谈时，这名战士说道："每一次出去执行任务，我都做好了牺牲的准备。"这就是我们的战士。我曾无数次听闻有战士在训练演习中负伤，有战士在保卫国家领土时光荣牺牲。他们的故事是我们创作的源头活水，礼敬军人，塑造有血有肉、真实可感的战士形象是我们的职责。

从军几十年，我所接触到的解放军官兵无不要求自己"能打仗，打胜仗"，这是中国人民解放军铁的纪律和强有力的思想政治工作的必然成果，也是我继续以饱满热情和真挚情感拍好军旅剧的动力所在。作为一名老兵、作为文艺工作者，我希望创作出更多优秀作品，更好地展示新时代军人形象，让英雄故事和英雄精神广为传扬。

15

传统和生活是创新的底气

曾静萍

已有 800 多年历史的梨园戏诞生在福建泉州，和闽南方言文化息息相关，韵味浓厚。在几代人的努力下，一度面临断层失传的梨园戏不仅在今天生存下来，而且发展得很好。10 多年来，每逢周末和演出季，500 多个座位的剧场座无虚席。不少人特意从全国各地赶来看戏，甚至带动泉州旅游业的发展。

梨园戏有今天的发展势头，首先因为梨园人有坚定的文化自信。福建省梨园戏实验剧团是全国唯一一家梨园戏专业剧团。自 1953 年成立以来，不仅 6 任团长都以“抢救—继承—发展”为职责，而且全团上下都很爱惜梨园戏，舞台上哪一个细节不符合剧种风格，都会有人指出来。第一次邀请院外导演给团里排戏时，全团 100 多人包括炊事员都来听导演做阐释报告，为的是确保导演“没有动我们的梨园戏”。

这份自信来自深层次的了解。只有把这个剧种最根基的东西弄清楚，才知道它的可贵之处。我们一边整理老艺人留下的手写古本，一边对健在老艺人的表演进行录像和数字化保存，请他们把绝活儿传给年轻人。现在从文本到表演，梨园戏三大流派的代表性传统剧目不仅留了下来，而且成为常演剧目，舞台上经常五代同台。

戏曲界曾一度流行对传统剧目进行缩编。在整理古本的过程中我们发现，有时并非古本“枝蔓啰嗦”，而是我们没全懂、不能驾驭古本之美。旦角独角戏《陈三五娘·大闷》就是一部长达 50 分钟的古本折子戏，表现的是女主人公对恋人的牵挂。2000 年夏天，每天 3 个小时、连续 90 天，82 岁的老艺人蔡秀英老师手把手地把这折戏传给了我。过去 10 年，我把所有自己会的戏逐一教给了优秀的年轻人。把戏传承好，是对培养我的梨园戏最好的回报。

有了传统的底子在，自然不畏革新。剧种古老，并不意味着只能做传统戏。2021 年，我们创排红色题材现代戏《英雄虎胆》，利用梨园戏独特的幕后“回声报事”的表现手法，只有 3 个演员，却营造出千军万马的效果。我们希望通过这次的探索，为剧种发展提供借鉴。

面对传统，懂它，才能尊重它、爱惜它，才能发现它的不足，然后竭尽全力用自己的经验智慧弥合、补充，让它更加完善。手眼身法步、“十八步科母”，梨园戏的表演手段严谨丰富，足够为演员的表演提供支撑。但是，再丰富的表现手段也只是手段。当代演员不能止步于传统，要让传统程式富有当代审美特点和地域文化气息，要从当代视角表现人物，同时传递剧种独特的韵味。

《董生与李氏》的李氏、《御碑亭》的孟月华、《朱买臣》的赵小娘、《朱文》的“一粒金”……我扮演的这些角色性格各异，既古典又现代是她们的共性。即便同一个角色，我每一场演出也不一样；有的戏演了40年，表演依然在变化——戏的功夫在戏外，生活阅历不断更新着我对角色的理解。我对生活的爱和对梨园戏的爱是一样的，喜欢观察各种各样的人，天生对生活细节充满兴趣。戏给了我立身之本，我以我的生活滋养着戏。

对我而言，再多的掌声和奖项，都难以取代心心念念、跌宕起伏的创作过程。每排一部戏、每演一场戏，在食不安寝难眠的过程中，一点点逐渐找到和角色最相契的结合点，这不就是生活吗？

一个演员在学徒期时，重在模仿；崭露头角时，容易浮躁；沉淀之时，往往也是瓶颈期；有所突破时，进入成熟期。这之后，需要积累大量的舞台表演经验：复盘传统戏，大胆接触多栖艺术为我所用。这时的演员只要站在台上，不动也是表演。我常常对年轻演员说：不要总盯着剧本上写的内容，把剧本上没写的那一部分告诉观众才是最难的；同时，不要急切地想告诉观众我在干吗，演员要尊重观众的智慧，给观众参与创造的空间。

观众正是梨园戏蓬勃发展的另一大要素。有的观众最喜欢看传统剧，演多久都爱看，这给了我们演传统戏的动力。有的观众接受不了传统戏，于是出现了对当代梨园戏发展至关重要、王仁杰老师编剧的《董生与李氏》等新编戏。21世纪初，我曾常年在国外游历，和不同国家的艺术家合作，有同行邀请我留下来教梨园戏。在我看来，我唱梨园戏必须在中国，必须回到泉州，这个剧种就是这方水土和百姓养育的。

我相信，有传统、有生活、有观众、有心，再古老的戏曲也能生机不断，枝繁叶茂。

《人民日报》2022 年 9 月 16 日第 20 版

拓展阅读

生活是创作和表演的源头活水

张小斐

习近平总书记在中国文联十一大、中国作协十大开幕式上强调："创作要靠心血，表演要靠实力，形象要靠塑造，效益要靠品质，名声要靠德艺""广大文艺工作者要心怀对艺术的敬畏之心和对专业的赤诚之心，下真功夫、练真本事、求真名声"。身为演员，我时刻提醒自己要永葆敬畏之心、赤诚之心，在不同角色的塑造中磨砺技艺、练就真本事。

表演是一门演人的艺术，而人是复杂的，所以表演没有标准答案。当你以为是这么演的时候，常常会有人以意想不到的方式演绎，这个过程让表演显得格外迷人。

好的角色可遇不可求。"李焕英"对我而言就是一个特别珍贵的礼物。我因为饰演这个角色，而获得第三十四届中国电影金鸡奖最佳女主角奖。《你好，李焕英》是导演贾玲用尽爱与思念拍出的电影，它的成功说明，真情实感最能打动人心。母爱亲情本身就容易引起共情，李焕英又是一位非常有魅力的女性——她既有20世纪八九十年代女性的坚韧

拓展阅读

和奉献，也有当下这个年代女性的乐观和豁达。塑造这个角色最难的部分，来自人物的复杂心理，来自“双穿越”的表现方式，要让观众在观影过程中不会发现但又在表演细节中埋下伏笔。所以，人物情感经常要隐藏在水平面以下，是一种心底涌动的状态，只有前面更好的“隐忍”，李焕英后面的情感爆发才更能直击人心。在这一过程中，表演的分寸感显得格外重要。

在创作过程中，我会经常和导演沟通她与妈妈生活中的细节，听她讲述剧本之外的点滴回忆，从中去了解人物的性格和行为方式，然后一步步地走向人物。生活是创作和表演的源头活水，把角色人物放到生活中去体验和揣摩，这是演员的必修课。还记得在北京电影学院上学时，老师就强调做演员要学会观察生活。在剧组、片场拍戏的经历让我越发感觉到观察生活、感受生活、体验生活对演员的重要意义。每一个角色的成功塑造，都应该是吃透生活、提炼生活、演绎生活的结果。

“没有小角色，只有小演员”。我在毕业之后的很长一段时间里，没有机会去饰演那种情感张力足、冲击力强的影视角色，相反，我接触到了一个全新领域——舞台喜剧。我在舞台上扮演了各式各样的喜剧角色：有《花房姑娘》中的创

拓展阅读

业青年，也有《一碗元宵》里的家访老师；有《喜上加喜》里学习处理婆媳关系的儿媳妇，也有《幸福牛家村》里全县有名的养殖大户。这对我来说是一段不断开掘潜能、挑战自己的有益经历。演喜剧和演电影本质上没有什么区别，都要以真诚为前提，以生活为积累，但喜剧有区别于其他艺术形式的节奏感。因此，我有意识地向优秀喜剧演员学习喜剧的语言节奏和表演节奏。这些年的喜剧经历培养了我对喜剧节奏的敏感度，并从中探寻到一些适合自己的表演方式。当我在影视拍摄中需要的时候，就可以把这些储存的经验唤醒，为我所用，让角色更立体更鲜活。

也因为舞台喜剧与观众面对面，能看到现场最及时最直接的反馈，所以让我对“观众”二字的分量有更深切的感受。当切换到影视表演时，虽然没有观众在拍戏现场，但我清楚地知道，我们每一个演员都是为作品服务、为戏服务，最终是为观众服务的。我们的目标是，讲述的故事能够被观众喜爱，故事里的人物能够被观众记住，人物呈现的情感能够被观众感同身受，从而引起共鸣。观众认可是对演员最大的嘉奖。戏比天大，只有戏好了才有观众缘，至于流量、曝光度和热度，都应该是随着作品被认可而来的关注。演员需要这样的关注，从而去得到更多的角色和机会，但决不能本

拓展阅读

末倒置。

我母校北京电影学院的教学楼上写着这样一句话：“梦开始的地方”。我们很多人都是怀揣着做演员的梦踏进这个行业。成为演员，意味着对艺术的敬畏和对专业的赤诚，意味着始终把艺术和观众放在心中，保持定力，用心用情塑造优秀的角色形象。真正成就一名演员的，是一条为人民创作、踏踏实实“下真功夫、练真本事、求真名声”之路。我愿意朝着这个目标继续努力。

16

拥抱时代生活　铸就文学高峰

何向阳

习近平总书记在党的二十大报告中指出："坚持以人民为中心的创作导向，推出更多增强人民精神力量的优秀作品，培育造就大批德艺双馨的文学艺术家和规模宏大的文化文艺人才队伍。"

繁荣文学创作，推出精品力作，是繁荣发展文化事业和文化产业的内在要求。新时代十年，广大文学工作者以坚定的文化自信和强烈的使命担当，以一部部心系"国之大者"、回答时代问卷的优秀作品，满足人民文化需求，增强人民精神力量，营造新时代文学活力迸发的新局面。新的征程呼唤着文学界进一步总结创作经验，用情用力描绘时代气象，书写人民史诗，在守正创新中铸就文学高峰。

讲好中国故事
凝聚精神力量

庆祝改革开放40周年、庆祝中华人民共和国成立70周年、庆祝中国共产党成立100周年等党和国家重大活动，文学创作从未缺席；决胜全面小康、决战脱贫攻坚、建设美丽中国等重大主题，文学佳作不断涌现。一大批作家心系民族复兴伟业，积极投身文学实践，革命历史题材和现实题材创作更加繁荣。

革命历史题材创作从民族复兴历史进程中获得力量，艺术表现力和精神感召力不断提升。比如，作家朱秀海推出革命历史题材长篇小说《远去的白马》，讲述解放战争时期支前群众的勇敢、智慧和无私奉献，塑造了一位普通农村女性赵秀英的生动形象。这位出生入死、无私无畏的支前女战士，丰富了文学形象画廊，让读者感悟“江山就是人民，人民就是江山”的深刻内涵。又如，曾以文体探索闻名的作家孙甘露，在长篇新作《千里江山图》中不再追求叙事实验，而是以完整清晰的故事情节展现中共地下党的艰苦斗争，书写共产党人的英雄群像和革命者的信念力量，这幅中国革命的“千里江山图”吸引众多读者关注。

现实题材文学创作在脱贫攻坚、乡村振兴等社会实践中汲取丰厚滋养，生动描绘新时代新征程的恢宏气象。曾获鲁迅文学奖的作家陈应松，通过长篇小说《天露湾》展现江汉平原葡萄产业的发展历程。小说以一对父女为主人公，描绘改革开放以来中国农民创新实干、脱贫致富的故事。数次探访故乡后，作者由衷感叹“农民在这个时代是多么伟大”，并希望以自己的笔“与他们命运相系，心心共鸣”。江西作家温燕霞由革命历史题材转向乡村振兴题材，长篇小说《琵琶围》着眼世情文化与人物性格，在浓厚的地域文化背景下，书写乡村生活中涌现的感人故事。小说细致绵密的风格是作者深入田间地头采访近百人后，用心提炼结晶而成。

广大作家从百姓日常中发现诗意，从生活点滴中发掘力量。梁晓声长篇小说《人世间》于20世纪中叶至今半个多世纪的时间跨度里，呈现中国城市普通百姓的生活日常和世态人情。故事中的周家三兄妹，工作岗位不同、人生轨迹各异，但为人处世都秉承中华民族传统美德，他们的人生命运构成了一首激情澎湃的交响诗。陈彦长篇小说《主角》中，对艺术的虔诚与刻苦使主人公忆秦娥从一个不起眼的“烧火丫头”成长为一代秦腔大师。作品生动呈现了改革开放的大背景下，那些心怀理想之人如何紧紧握住命运的缆绳，奋斗不息。冯骥才长篇小说《艺术家们》探讨艺术家的人格修为，通过三位主人公在时代变迁中的艺术道路选择，解读一代人的思想脉络和艺术轨迹，阐明怀抱赤子之心、修身立己的重要意义。

中国共产党的光辉历程与中国人民的奋斗实践，始终是中国文学关注的主题。越来越多的作家自觉将文学追求同国家前途、民族命运、人民愿望相结合，创作出《经山海》《战国红》《海边春秋》《大江东去》《重卡雄风》《暖夏》《长安》《平安批》《觉醒年代》《太阳转身》《锦绣》等一大批有口皆碑的精品佳作，彰显文学魅力。

记录时代巨变
书写奋斗史诗

以留存历史记忆、书写时代变迁为己任的报告文学创作，近年更是硕果喜人。何建明《革命者》、徐剑《天晓：1921》、丁晓平《红船启航》、徐锦庚《望道：〈共产党宣言〉首部中文全译本的前世今生》、铁流《靠山》等作品，或塑造早期共产党人血肉丰满、为信仰不惜牺牲生命的光辉形象，或讴歌百年历史中人民群众不懈奋斗的伟大力量，为当代文学注入强健的阳刚之气。

报告文学作家蒋巍为写《国家温度》，花一年半时间去广袤乡村采访调研；报告文学作家纪红建行走上万公里，踏访 202 个村庄，创作出表现脱贫攻坚故事的《乡村国是》。2019 年，中国作协与国务院扶贫办共同启动"脱贫攻坚题材报告文学创作工程"，遴选全国 20 余位作家，采访足迹遍及吉林延边、河北阜平、陕西周至、甘肃定西、宁夏永宁、新疆伊犁、湖南湘西、贵州贵阳、四川昭觉、江西井冈山、福建宁德、云南鲁甸等地，创作出版《十八洞村的十八个故事》《江山如此多娇》等一大批记录小康步伐的优秀文学作品，多部被译介到海外。

长期致力于党史题材报告文学创作的湖南作家余艳，被家乡的变化激发出创作热情，推出长篇报告文学《新山乡巨变》。60 多年前，作家周立波主动回湖南益阳清溪村深入生活，创作出影响深远的长篇小说《山乡巨变》；60 多年后，余艳再度扎根清溪村，讲述中国农民创造美好生活、高新科技助力乡村振兴的真实故事，展现半个多世纪以来中国农村的历史性变革。2022 年，中国作协带领作家们来到益阳，正式启动“新时代文学攀登计划”和“新时代山乡巨变创作计划”，从机制上为作家创作提供有利条件，全力推进新时代文学高质量发展。

令人欣喜的是，一大批小说家也积极投身报告文学创作。作家季栋梁曾以长篇小说受到读者关注，他的新作《西海固笔记》采用报告文学形式，浓墨重彩地描写西海固的日新月异与脱胎换骨。季栋梁先后 40 次深入西海固采访调研，他说：“几个月的前期采访让我更加坚定，要到生活和人民中寻找丰沛源泉，发现火热篇章，也要到生活和人民中克服写作难题，锤炼作品的新意和深度。”曾出版多部长篇小说的四川作家罗伟章，围绕重庆巫山县竹贤乡下庄村党支部书记毛相林带领村民开山修路的故事，创作长篇报告文学《下庄村的道路》。他表示：“作家如果不与时代同行，不借助时代的洪流冲破自身的狭隘，就很难完成对情感、心灵和人生的真正表达。”

走出方寸天地，拥抱时代生活，广大作家在壮阔的新时代实践中书写着生生不息的人民史诗。推进文化自信自强，铸就社会主义文化新辉煌，时代的号角已经吹响，期待着作家们进一步拓展创作视野、提升艺术境界，以思想精深、艺术精湛、制作精良的优秀作品发挥文学凝心聚力、培根铸魂的重要作用。

《人民日报》2022 年 11 月 1 日第 20 版

拓展阅读

努力铸就新时代的文艺高峰

周由强

习近平总书记关于文艺工作的重要论述，是习近平新时代中国特色社会主义思想的重要组成部分，深刻回答了新时代我国文艺事业发展的一系列重大理论和实践问题。新时代十年，在习近平总书记关于文艺工作的重要论述指引下，我国广大文艺工作者与党同心同德、与时代同向同行，在人民为美好生活的向往奋斗中汲取力量与灵感，努力铸就新时代的文艺高峰。

开辟了马克思主义文艺理论新境界。习近平总书记关于文艺工作的重要论述，把马克思主义基本原理同中国具体实际相结合、同中华优秀传统文化相结合，在继承马克思主义文艺理论基本原理的基础上，创造性地提出了一系列新思想新观点新论断，深刻阐明了文艺工作的地位作用、使命任务、方向目标、原则要求等，精辟分析了社会主义市场经济环境下文艺与政治、文艺与经济、文艺与人民、文艺与生活等富有新的时代特点的内在关系，既在思想内涵、精神实

拓展阅读

质、基本原则等方面贯穿马克思主义立场观点方法，又深刻总结党领导百年文艺工作的基本经验和新时代文艺发展的崭新实践，把我们党领导文艺工作的认识提升到全新的高度，赓续了以马克思主义为指导、符合中国国情和文化传统、高扬人民性的文艺发展方向和道路，实现了马克思主义文艺理论中国化新飞跃，开辟了马克思主义文艺理论新境界。

锚定了以人民为中心的创作导向。“以人民为中心”是习近平总书记关于文艺工作的重要论述的核心要义，也是繁荣发展社会主义文艺事业必须遵循的根本原则，具有十分丰富而深刻的内涵。“人民的需要是文艺存在的根本价值所在”“文艺创作方法有一百条、一千条，但最根本、最关键、最牢靠的办法是扎根人民、扎根生活”“文艺的一切创新，归根到底都直接或间接来源于人民”“把人民作为文艺审美的鉴赏家和评判者”等一系列重要论断，展现了社会主义文艺最根本的价值追求，渗透到新时代文艺创作评论生产传播全过程。这十年来，广大文艺工作者坚持以人民为中心的创作导向，把人民放在心中最高位置，创作了一批满足人民文化需求和增强人民精神力量的优秀作品。

发出了描绘新时代恢宏气象的动员令。文化是民族的精神命脉，文艺是时代的号角。当代中国，江山壮丽，人民豪

拓展阅读

迈，前程远大。时代为我国文艺繁荣发展提供了前所未有的广阔舞台。习近平总书记强调，广大文艺工作者要深刻把握民族复兴的时代主题，把人生追求、艺术生命同国家前途、民族命运、人民愿望紧密结合起来，以文弘业、以文培元，以文立心、以文铸魂，把文艺创造写到民族复兴的历史上、写在人民奋斗的征程中。这十年来，广大文艺工作者积极投身社会主义文化强国建设，用自强不息、厚德载物的文化创造，展示中国文艺新气象，展现了一幅竞相描绘新时代恢宏气象的文艺斑斓图景。

展现了当代中国文艺的世界胸怀。“中国人民历来具有深厚的天下情怀，当代中国文艺要把目光投向世界、投向人类。”习近平总书记关于文艺工作的重要论述，深刻揭示了世界文化在互鉴中发展、在交流中繁荣的客观规律，既强调中国精神是中国文艺的灵魂，同时强调社会主义文艺的繁荣发展必须认真学习借鉴世界各国人民创造的优秀文艺成果。这十年来，文艺工作者用情用力讲好中国故事，努力创作更多彰显中国审美旨趣、传播当代中国价值观念、反映全人类共同价值追求的优秀作品，向世界展现了可信、可爱、可敬的中国形象。

17

涵养家国情怀　凝聚奋进力量

胡一峰

习近平总书记在党的二十大报告中指出：“弘扬以伟大建党精神为源头的中国共产党人精神谱系，用好红色资源，深入开展社会主义核心价值观宣传教育，深化爱国主义、集体主义、社会主义教育，着力培养担当民族复兴大任的时代新人。”爱国主义是文艺作品常写常新的主题。拥有家国情怀的作品，最能感召中华儿女团结奋斗。近年来，爱国主义主题文艺作品大量涌现，爱国之情喷薄而出，家国情怀感人肺腑，激发起广泛向心力、凝聚力，为奋进新征程提供源源不断的精神力量。

观照社会现实，描绘时代奋进之路

新时代新征程是当代中国文艺的历史方位。党和国家事业取得的历史性成就、发生的历史性变革，为文艺创作提供了充沛的灵感、丰富的素材。电视剧《山海情》把镜头对准脱贫攻坚一线，扶贫干部马得福和乡亲们生动诠释了如何用奋斗创造美好生活。彩调剧《新刘三姐》深入挖掘壮乡儿女追梦圆梦的动人故事，因歌起舞、以舞伴歌，抒发了真挚而热烈的乡土情、家国情。

紧跟时代步伐，文艺创作与社会发展同频共振。笔墨当随时代，美术作品《龙腾大湾》《雄安进行时》《飞天圆梦》《天眼》《互联网时代与人工智能》等描绘城乡新气象，展现科技新进展，铭刻成就，定格记忆。电视剧《麓山之歌》用诗意方式开掘工业题材，在工业美学和烟火气息的融汇中呈现新时代新气象。

现实主义精神持续高昂，新时代的伟大成就、奋进历程转化为文艺作品中的生动故事，打动人、感染人、鼓舞人。电影《中国医生》《穿过寒冬拥抱你》《你是我的春天》，话剧《逆行》《人民至上》以不同视角、风格和手法，展现抗击新冠肺炎疫情过程中可歌可泣的故事，讴歌伟大抗疫精神。生活就是人民，人民就是生活。电视剧《人世间》、电影《我的姐姐》等作品，从真实的生活、朴实的情感出发，在平凡中发现伟大，在质朴中凸显崇高，揭示了内蕴于平凡世间的进取之志和无私大爱。

“新时代属于每一个人，每一个人都是新时代的见证者、开创者、建设者。”新时代的奋斗故事给予文艺创作者发掘、提炼和呈现的无限可能。电视剧《运河边的人们》采取小切口、大叙事的方式，以路长河等人物的担当和情义，彰显时代精神。电视剧《装台》中，刁顺子等普通人面对困难，不埋怨、不放弃，显示出坚韧意志和不屈力量。

中外合拍纪录片《柴米油盐之上》记录了村支书、卡车司机、杂技演员等平凡人追梦小康的鲜活故事，绘就大国小康的时代画卷。外籍导演柯文思 20 世纪 80 年代曾到过中国，拍此片时他故地重游，感慨万千："我希望用影片记录中华民族自尊、自信的一面，记录中国人民对生活的热情和乐观。我们拍的是中国普通人的喜怒哀乐，用镜头展示中国人民的生存之道。"

奏响古韵新声，彰显中华文化之美

中华优秀传统文化绵延数千载，家国情怀始终是鲜明底色。近年来，《中国诗词大会》《经典咏流传》《中华好诗词》《典籍里的中国》等一批优质文化综艺节目，以契合当代观众的审美方式，开掘传统文化的精神宝库，赋予深厚持久的爱国主义传统以新的时代光彩。

中华优秀传统文化是中华民族的精神命脉，也是文艺创新的重要源泉。舞蹈诗剧《只此青绿》把传世经典《千里江山图》的创作故事搬上舞台，让人感受传承千年的艺匠精神和文化情怀。音舞诗画节目《忆江南》以现代艺术手法展现中华美学精神，形神兼备，意境深远。"中国梦"主题歌曲《春风十万里》化用古人诗句，用形象化、艺术性的音乐语言营造意境，不仅频频登上各大晚会，更在短视频平台上受到欢迎。这首歌唱出了文脉流传的源头活水，也传递出中华大地的勃勃生机。

坚持创造性转化、创新性发展，重要的是找到传统文化和现代生活的连接点。2022 年 6 月，中国古典文学研究专家叶嘉莹领衔讲解的短视频版《唐诗三百首》在网上推出，74 条视频在两个月时间里播放量突破 4000 万。抖音平台发布的古诗词数据报告显示：过去一年，该平台古诗词相关视频累计播放量 178 亿，同比增长 168%。“戏腔”歌曲、国风文创成为网络爆款，年轻人自发生产海量国风内容……短视频、影视综艺、文创、文旅，人们通过多种方式实现与传统文化的“超链接”。在这一过程中，传统文化积淀下来的浩然长存的民族正气、爱国爱民的深厚情感、天下为公的道德胸襟等，也得到广泛传播。

塑造感人形象，闪耀中国精神之光

英雄故事蕴含着家国情怀的强大感召力，记录英雄、塑造英雄、广泛传扬英雄精神，是文艺工作者的重要职责。

为英雄立传、为楷模写照的作品，点亮了精神之火，凝聚了奋进之力。导演张艺谋拍完电影《狙击手》之后感慨：年轻观众之所以如此关注这部反映抗美援朝战争的电影，是因为它展现的家国情怀在今天依然具有重要的现实意义，能够引发当代人共鸣。电视剧《觉醒年代》中，陈乔年慨然就义前深情地说：“让我们的子孙后代享受前人披荆斩棘的幸福吧！”剧集播出后，这个“名场面”在网络平台迅速传播开来。不少年轻观众表示：看了《觉醒年代》后，更加坚定了把青春奉献给这片土地的决心。

中国精神是社会主义文艺的灵魂。高擎中国精神火炬，文艺在攀登高峰的道路上坚定前行。在庆祝中国共产党成立 100 周年之际，大型情景史诗《伟大征程》震撼人心。数百名舞者挥动鲜艳的红旗，一面直径 10 米的巨型大鼓和 100 面中国鼓在空中擂响，鼓声阵阵，鼓乐歌舞《新的天地》把中国人民奋斗之志、创造之力、发展之果的壮丽画卷表现得淋漓尽致。讴歌伟大建党精神，展现中国共产党人精神谱系，文艺作品更有筋骨、力度和神采。话剧《香山之夜》、京剧《红军故事》、昆剧《瞿秋白》、评剧《革命家庭》、锡剧《烛光在前》、舞剧《永不消逝的电波》、电影《悬崖之上》、电视剧《功勋》《跨过鸭绿江》等一大批作品，多类型全景式展现先驱者的勇毅、爱国者的担当、牺牲者的奉献，中国精神的火光由此闪耀得愈发明亮。

文学艺术以形象取胜，经典文艺形象是一个时代文艺的重要标识。饱满的人物形象，来自对丰富生活的提炼。电视剧《在一起》中，演员张嘉益在扮演剧中人张汉清时，细心感悟人物原型张定宇院长的先进事迹，以高低不平的脚步，走出坚毅沉稳的姿态。演员王劲松参加电视剧《理想照耀中国》拍摄时，为了扮演好长眠在雪山上的炊事班长老钱，10 天减重至 58 公斤。走进雪山，真实展现严酷的环境，彰显红军战士的革命意志，王劲松眼含热泪："这就是我一直寻找的那股子力量，我一直渴望表达的高尚情怀。"正是这样的力量、这样的情怀绘就了神州大地奋斗向上、生机盎然的蓬勃景象；也正是这样的英雄、这样的形象，让不平凡的时代繁花似锦、光荣绽放。

新时代文艺的动人旋律在每一个奋斗者心中激荡，激励人们创造美好生活、实现伟大梦想。

《人民日报》2022 年 11 月 22 日第 20 版

拓展阅读

如何用文艺擦亮红色文化底色

包世琦

红色是中国共产党、中华人民共和国最鲜亮的底色。红色文化是连接过去、现在和未来的重要精神纽带。在新的时代环境下，如何擦亮红色文化的底色，让红色文化活起来，将红色基因传下去，是一个现实而紧迫的问题。

过去，我们创作了一大批红色文艺经典，它们成为讲述红色故事、传承红色基因、传播红色文化的重要载体。如今，现代社会语境与传统红色故事的相关性减弱，大众审美日趋多样化，流行文化层出不穷，这些都对红色题材文艺创作提出了更高要求。

让红色故事更有情感温度

雕塑家罗丹说："艺术就是情感。"美学家苏珊·朗格认为："艺术是人类情感的符号创造。"由此可见，情感在文艺作品中的地位重要而独特。从某种意义上讲，一切文学艺术都是情感的艺术。

拓展阅读

红色，是血的颜色，是火的颜色，是革命的颜色。红色故事由血泪和汗水铸就，故事中天然地凝结着巨大的悲喜，隐藏着能够激发人们情感的“引线”。回顾讲述红色故事的文艺作品会发现，但凡优秀之作，无不散发着情感的温度。歌剧《白毛女》中有感天动地的父女情，电影《高山下的花环》中有生死相依的战友情，即便是颇具英雄主义气质的长篇小说《林海雪原》，也或明或暗地埋着不少情感线索，比如，刚接触不久，少剑波就对女卫生员“小白鸽”暗生情愫。这些情感元素，不仅能增强红色故事的感染力，也起着推动叙事、塑造人物、升华主题的作用。

文艺作品中的红色故事，往往涉及党史、军史、国史中的重大史实，涉及革命先驱、党和国家领袖以及英模人物。一段时间里，不少创作者不敢放飞想象的翅膀，不愿打开人物的情感世界，把人物都塑造成了“光伟正”“高大全”，导致红色题材创作一度陷入人物脸谱化、故事程式化的怪圈，这样的作品自然难以引起读者、观众的兴趣。

因此，在红色题材创作中，创作者应注重情感元素的开掘。虽然很多红色故事发生时的时空环境与今天大不相同，但任何年代，人们的情感诉求和情感经验总是相通的。通过为红色故事注入更多情感逻辑和情感力量，能够让故事更具

拓展阅读

张力，让人物更加丰满，让整个红色叙事更加逻辑自洽、令人信服，让严肃厚重的历史和抽象的价值观念走进普通百姓的内心。

要讲出富有情感温度的红色故事，创作者首先要培养自己对红色历史的深厚感情，主动用红色文化滋养自己的精气神。另外，作品的情感温度来源于沸腾的生活，生活中的一些细节和小故事，往往最能鼓舞人，最能打动人。所以，创作者要走进生活深处，观察生活细节，吃透生活底蕴，时刻保持对生活的敏感。

将红色基因注入现代审美

红色，象征着光明。中国文化因含有红色基因而具有独特魅力。传播红色文化，从本质上讲就是重温红色记忆、传承红色基因。

红色文艺作品，通过艺术的形式再现革命先驱、英模人物生活战斗的场景，以广阔的历史视野开展文化想象，能够唤起受众栖居于无意识母体中的民族忧患意识，进而筑牢革命历史记忆。因此，欣赏红色文艺作品，既是一种审美活动，也是一种对红色历史的重温。

任何审美活动都是在一定的社会历史环境中进行的。审

拓展阅读

美标准总是随着时代的变迁而改变，因为一个时代审美标准的建立与那个时代的社会环境、文化氛围等密不可分。因此，要想用文艺作品讲好红色故事、传播红色文化，必须让作品的内容、形式、细节等符合现代审美。

首先，历史与时代从来不能被分割，优秀的红色题材作品应当将红色历史置于现代语境下进行审视，这样才能给予现代人心灵的启迪和精神的鼓舞。例如，电视剧《觉醒年代》将百年前相继发生的新文化运动、五四运动、中国共产党成立三件大事相互贯通，对建党这一历史性事件进行多维度全景式描绘，由此深刻阐释了这样一种历史必然性：新文化运动和五四运动先后成为通向建党的两大必然而又重要的历史性步骤。同时，作品将李大钊、陈独秀、胡适、蔡元培、鲁迅、钱玄同、刘半农、易白沙、辜鸿铭等历史人物与后来成为党和国家领导人的毛泽东、周恩来等，置于同一时空环境中进行展示，并发起一场今人与上述历史人物的跨越时空的“对话”，让今人从剧中人物身上看到自己的影子，从而架起共情之桥，让今人能够更好地理解历史人物的选择。

其次，无论是对红色经典进行改编，还是创作新作品，在对历史进行重述的过程中，创作者要对红色经典和红色题材所反映的主流价值进行现代阐释，注重由历史出发，赋予

拓展阅读

革命战争时代一些超常的思想与行为以合理解释，从而使其对主流价值的表述和言说更有说服力。比如，几十年前不同体裁的《江姐》，都侧重表现主人公大无畏的革命英雄主义精神，而近几年新创作的《江姐》则更加真实细腻，格外注重表现人物的内心世界，力求实现对人物性格的深度开掘，这就在一定程度上实现了深度叙事与大众情感逻辑的契合。

为红色文化插上融媒翅膀

我们已进入“万物皆媒”的融媒体时代。融媒体时代是个信息爆炸的时代，存在着“尖叫效应”，哗众取宠的内容容易引起围观，庸俗低俗的内容容易吸引眼球，这在一定程度上分流了稀缺的注意力资源，挤压了红色文化的传播空间。与此同时，融媒体时代，传播手段更多元，传播方式更多样，传播渠道更广泛，这为红色文化的创新性表达和多元化传播提供了条件。

挖掘红色文化的价值内涵，创作出符合融媒体传播规律的作品，是实现红色文化创新性表达和多元化传播的关键。例如，利用时下火热的短视频传播红色文化就是一种很好的方式。为庆祝中国共产党成立100周年，中央广播电视总台推出系列原创短视频《真理的味道》，从小角度讲述中国共

拓展阅读

产党人追寻真理的故事，彰显了中国共产党人的初心使命；人民日报推出微电影《在场》，通过两个平行时空的间离与融合，重现了过去的历史场景与现在的生活场景，再现了中国共产党雄浑悲壮的历史，彰显出当下富足和平生活的难能可贵。这些作品都取得了不错的传播效果。

优秀的红色题材短视频一般要具备以下特征：选题角度新颖、内容具有极致的共情力、画面表达富有新意。具体言之，要找到讲述大事件的小切口，找到家国情怀下的小切面，以温情励志、营造情绪、刻画群像等为突破口，让用户觉得作品跟自己有关联。此外，利用网络直播的方式传播红色文化也是一个不错的选择。可以通过网络直播，带领观众“云参观”红色纪念馆、展览馆，并与网友进行互动，在线解答革命历史知识等。

为红色文化插上融媒翅膀，目的不仅是让红色文化“活起来”，更是让红色文化“火起来”。各地各部门应创新运用数字化技术，加强对红色文化资源的保护利用。比如，可以创建红色文化数字化体验馆，综合运用人工智能、3D影像、虚拟现实等技术手段，使以前受技术条件限制不能开放展示的红色文化遗物遗址可以视、听、触多维展示，让红色文化在动态、活态传承中增强感染力和传播力。

18

用更多优秀文艺作品讲好中国故事

田沁鑫

习近平总书记在党的二十大报告中指出："坚守中华文化立场，提炼展示中华文明的精神标识和文化精髓，加快构建中国话语和中国叙事体系，讲好中国故事、传播好中国声音，展现可信、可爱、可敬的中国形象。"这鼓励我们立足时代发展，创新艺术表达，在更好满足人民精神文化需求、增强人民精神力量的过程中，把中国故事讲生动、讲精彩。

怎样讲好中国故事？作为从延河岸边走来的艺术院团，近年来，国家话剧院以史料为依托，深入革命文化传统，创作了《三湾，那一夜》《红色的起点》《直播开国大典》等一批话剧作品。其中，《红色的起点》凸显青春洋溢的革命精神，以富有时代气息的舞台表达，再现中国共产党开天辟地的峥嵘岁月。《直播开国大典》则聚焦新中国成立这一伟大历史时刻，以历史人物为原型，再现新华广播电台如何在有限条件下，顺利实况转播开国大典，向全世界宣告中华人民共和国的成立。为了让故事更加好看，在《直播开国大典》中，我们打破传统叙事模式，三条线索交融并进，增强全剧悬念和戏剧冲突。在视觉呈现上，借鉴戏曲舞台空间美学，舞台上只布置桌椅，通过灯光和即时摄影等技术手段，实现舞台空间和叙事视角的切换。这样的舞台表现贴近当代观众审美趣味，能够更加有效地传递作品的精神内涵。

2022 年国庆期间，国家话剧院首部文献剧《抗战中的文艺》成功上演。主创团队用一年时间查阅文献史料，深入研究抗战 14 年历史，以文艺家群体的视角表现中国共产党如何团结带领中国人民救民族于危亡。全剧以活跃在抗战中的文艺家为主人公，集中呈现鲁迅、田汉、聂耳等文艺大家的爱国之志和救国之举。国家话剧院推出这部剧，既是对历史的回望和致敬，更传递了前辈艺术家的奋斗之志、家国情怀。

生活就是人民，人民就是生活。讲好中国故事，还需要我们深入生活，走近书写不凡生命诗篇的英模人物，通过文艺创作让人物事迹和精神为更多人所知。只有深入生活，创作者才能走进人物内心，进而从精神层面理解人物，这样刻画出的人物才清晰准确、真实可感。为创作话剧《谷文昌》，国家话剧院的主创团队数次来到主人公生前奋斗过的地方采风。人物形象的种子逐渐在演员心中生根发芽，这样塑造的艺术形象更加令人信服。

无论表现革命前辈还是英模人物，当创作者自己被表现对象深深打动、在精神和情感上有所升华时，创作出的作品才能富有原型人物的精气神。为创作民族歌剧《扶贫路上》，我们多次深入广西百色市乐业县百坭村，在主人公黄文秀工作过的田间地头听乡亲们含泪讲述她的故事，反复研读她留下的《驻村日记》。这位年轻共产党员为打赢脱贫攻坚战"不获全胜、决不收兵"的坚定信念和优秀品德，成为我创作时的力量之源。首演结束，当地观众含泪鼓掌的情景让我至今难忘。只有切身感知人物心声、人民心声，我们的作品才能真正抵达人心。

我们将探索戏剧和互联网技术的融合，建设戏剧现场云演播平台和数字智能演艺基地。戏剧和网络的融合不止步于直播，而是要实现戏剧线下创作与线上数字化创作的全面融合，通过数字的、审美的方式，让精彩的中国故事被更多人看到。

用更多优秀文艺作品讲好中国故事、传播好中国声音，激发全民族文化创新创造活力，中国戏剧人义不容辞，大有可为。

《人民日报》2022 年 11 月 25 日第 20 版

拓展阅读

以文化人，讲好中国故事

高亚麟

党的二十大报告提出，要坚守中华文化立场，提炼展示中华文明的精神标识和文化精髓，加快构建中国话语和中国叙事体系，讲好中国故事、传播好中国声音，展现可信、可爱、可敬的中国形象。报告的深刻阐述为文艺工作者指明了方向。

文艺是民族的血脉，能塑造“国魂”“民魂”，尤其对青少年具有巨大影响力，可以潜移默化地帮助他们认识世界，扩大知识领域，丰富生活经验，陶冶情操，树立正确的世界观、人生观、价值观。当年上导演班时，老师曾经讲过，导演的职责是“通过干预灵魂而干预生活”，其实就是以文化人，通过影视作品让中华民族的精神基因扎根于中国人的内心深处，而现实题材作品的责任之一就是展现在党的领导下全社会蓬勃发展、全民族大步向前的风貌。

在我的艺术生涯中，我曾因出演情景喜剧《家有儿女》中的好爸爸夏东海，受到男女老少观众的喜爱。我也曾因担

拓展阅读

任电视剧《人民的名义》出品人、投资人，获得业内外的更多认可。近年来，我作为制片人、导演、演员参与了《送你一朵小红花》《穿过寒冬拥抱你》《冰雪之名》等现实题材影视作品的创作，它们的故事都来自生活，感人至深。如《送你一朵小红花》，讲述了普通人的抗癌故事。影片从生活中挖掘细节，与观众贴心共情，让他们深深体会人间的温暖、真情的可贵，更加热爱生活。实践证明，成功的文艺作品都坚持以人民为中心的创作导向，讲好中国故事，展示了我们党始终坚守为中国人民谋幸福、为中华民族谋复兴的初心和使命。

我现在还担任中广联合会文化艺术视听传播委员会会长，更加意识到自己应该承担的责任和使命。我们启动了“传承有我”工作项目，通过读书会、朗诵会、名家讲座等一系列活动，组织文艺界公众人物和青少年共同学习和传承中华优秀传统文化、红色文化。

回首往昔，我们欣喜地看到，社会主义核心价值观广泛传播，中华优秀传统文化得到创造性转化、创新性发展，文化事业日益繁荣，网络生态持续向好。青年一代更加积极向上，全党全国各族人民文化自信明显增强、精神面貌更加奋发昂扬。作为文艺工作者，在全面建设社会主义现

拓展阅读

代化国家的征程上，我们将以社会主义核心价值观为引领，为培养担当民族复兴大任的时代新人，提高人民道德水准和文明素养，推出更多增强人民精神力量的优秀作品，增强中华文明传播力影响力而奋斗，无愧于我们的使命，无愧于时代和人民。

19

让传统文化资源焕发生命力、发挥新作用

王旭东

用雄健有力的舞姿，复现《昭陵六骏图》卷中骏马的神韵；借音乐剧形式，演绎《快雪时晴书画合璧》卷蕴含的浓浓师生情谊；将《竹石图》轴中的画面化为“实景”，营造富于象征的东方美学意境……2022年，大型文化节目《诗画中国》，引发观众热议。

中华文明如万古长河，奔流不息。几千年来，诗笔与画笔一直记录着山河的景象，传承着民族的精神血脉。《诗画中国》受到欢迎并非偶然。近年来，故宫博物院与多家机构合作，连续推出纪录片《我在故宫修文物》、舞蹈诗剧《只此青绿》、儿童剧《甪端》等，在实践中推动中华优秀传统文化的创造性转化和创新性发展。

党的二十大报告提出：“坚持为人民服务、为社会主义服务，坚

持百花齐放、百家争鸣，坚持创造性转化、创新性发展”，这为新征程上推进文化自信自强、铸就社会主义文化新辉煌指明了根本方向，提供了重要遵循。

建立与时代精神的共鸣

坚持中华优秀传统文化的创造性转化、创新性发展，我们应寻找传统文化与时代精神、现代价值之间的契合点，从传统文化资源中提炼适应时代需要的思想精髓与审美特质，建立与时代精神的共鸣，让传统文化资源焕发生命力、发挥新作用。

故宫博物院一直在做这方面的努力。把馆藏文物资源进行数字化转化，通过现代化阐释将学术成果转变成受群众欢迎的文创产品以及影视和舞台艺术作品，让藏在博物馆里的稀世珍品亮相荧屏，努力在时代的舞台上展现出文物的价值。

以《诗画中国》为例，故宫博物院30余幅书画藏品在节目中获得惊艳亮相、精彩展示。在藏品的选择上，特别注重与当下的关联。香港回归祖国25周年之际，香港故宫文化博物馆正式开放，从北京故宫精选出的900余件藏品在港展出，其中有鲜少与观众见面的《江山秋色图》卷。《诗画中国》展示了这幅图卷，邀请香港故宫文化博物馆馆长吴志华见证，由香港演员和香港学生代表用粤语和普通话朗诵《次北固山下》，配合香江、维多利亚港的唯美风光，展现出“潮平两岸阔，风正一帆悬”的意境，成为时代的见证。

藏品的呈现方式同样充满时代特质。裸眼3D、全息影像等前沿科技和影视化拍摄等制作形式，构建了一个基于画作又高于画作的视觉世界。音、舞、诗、画等艺术形式的结合，传统舞台艺术与电视艺术、视频形式的融合，文艺理念与数字科技的优势互补，共同为观众带来更强烈的沉浸感和别样的审美体验。畅游诗中画，品味画中诗，文明长河的涓涓细流一点一滴汇聚在观众心中。

《诗画中国》是文化创新传承、艺术创新表达、传播创新方法的有益尝试。从中不难发现，结合历史研究、文物研究讲出深度和哲理，结合文艺创作、先进技术创新形式和载体，结合当代人的精神需求和现实生活增添价值和趣味，可以在更高维度上实现中华优秀传统文化的返本开新。

与文化宝藏建立“超链接”

“坚持以人民为中心的创作导向，推出更多增强人民精神力量的优秀作品”，需要在文物与人民群众之间架起多元、便捷的沟通桥梁。坚持以人民为中心，文博机构守护历史、传承文明、弘扬文化的职能才能得到更好发挥。

故宫博物院坚持从公众需求出发，展陈中华风物，弘扬优秀文化，讲好中国故事。这些年，从“石渠宝笈”到“千里江山——历代青绿山水画”，从“丹宸永固——紫禁城建成六百年”到“敦行故远——故宫敦煌”，从“众生百态——故宫博物院藏历代人物画”到“照见天地心——中国书房的意与象”，一系列专题文物文化特展得到专业人士和广大观众的好评。

数字化传播有助于拉近公众与文物的距离、加深人们对文化遗产的认知。故宫博物院一直高度重视数字故宫建设，不断加强故宫古建筑和院藏文物的数字化采集工作，建设数字故宫资源库。从2020年开始，我们每年约采集7万到7.5万件文物信息，现在已公开发布8.3万余件文物影像。我们还建立了“全景故宫”“数字多宝阁”“故宫名画记”等展示平台以及“故宫博物院”小程序、“每日故宫”应用程序等，积极把博物馆搬上“云端”，实现保护成果的开放共享。“发现·养心殿——主题数字体验展”“《清明上河图3.0》高科技互动艺术展”“‘纹’以载道——故宫腾讯沉浸式数字体验展”等数字展览备受欢迎。

近年来，故宫博物院利用自身文旅资源研发各类文创产品，力求更好地满足公众多元的文化消费需求。《故宫日历》很好地将传统文化融入日常生活，成为公众每年都会期待的陪伴；创意互动解谜书《谜宫》系列、童书《我要去故宫》《了不起的故宫宝贝》等，针对特定受众采用特定表述，让传统文化以更具亲和力的形式呈现在公众视野中；以《千里江山图》为主题的文具、茶具、饰品、沉浸式数字展演等，从多个层面实现了传统文化在创新中的传承。

这一系列努力，开拓了故宫优秀传统文化传播的新方式、新局面，让收藏在博物馆里的文物，真正走进了人民群众的日常生活。已逾600岁的故宫，在今天愈加充满活力。

风从东方来，潮涌新时代。推动中华优秀传统文化创造性转化、创新性发展，激发“以文化人”的精神力量，增强文化自信，丰富人民美好生活，增强民族精神力量，是文化工作者共同的责任。我们一直在路上！

《人民日报》2022年12月3日第8版

拓展阅读

历史文化可以这样“活”起来

张永路

当下，凭借艺术表现手法、制作形式和技术手段的革新，许多历史文化资源以人们喜闻乐见、具有广泛参与性的方式得到“活化”传播，让当代年轻人真切感受到中华优秀传统文化的魅力。

曾几何时，文物在博物馆中的静态展览是通往普通大众的唯一方式。近年来，随着媒介手段的进步，以文物为主题的影像书写不断涌现。纪录短片《如果国宝会说话》以流行、轻松、幽默的风格，用每集短短五分钟的时长，集中呈现一件文物的前世今生。在展现国宝之美的过程中，纪录片调用多种表现手法，添加如说唱音乐、动画动漫等当代年轻人喜爱的元素，寓教于乐，让文物可感可亲。新的技术手段在纪录片中也得到巧妙应用，例如，用编程方式再现古代织锦制作，形象展现文物背后蕴藏的古人生活智慧。这一系列创新使《如果国宝会说话》吸引众多年轻观众关注，让国宝之美进一步深入人心。

拓展阅读

作为历史文化的遗存，文化遗产承载着中华文明的辉煌历史。以综艺节目为代表的、对文化遗产的影像表现不断进步。2020年热播的《我在颐和园等你》，就迸发出“户外综艺＋文化遗产”的创意火花。节目采取真人秀方式，嘉宾们实地游览令人赏心悦目的颐和园，探寻自然景观背后的历史人文，解码园林之美背后的匠心传承。遗产景观、文化积淀、现代审美、趣味互动交相呼应，再予以身临其境的影像表现，让年轻观众直呼精彩：不仅能看到如壁纸一样帧帧精美的画面，同时聆听到历史掌故的娓娓道来，让人徜徉流连，对祖国山水之美和历史文化之厚重有更多体味。

一直以来，阅读古籍文献是我们了解历史文化的重要途径。随着近现代影像技术发展，古籍文字影像化成为历史文化传播的重要推动力量。很多经典传说、传统故事和历史人物经过影像化处理后，变得脍炙人口、家喻户晓，四大名著题材的影视作品就是其中的成功案例。近年来，对传统IP的新改编新书写已经不再局限于影视作品，国产游戏也在多角度挖掘中华优秀传统文化资源。有一款西游记主题游戏演示视频就在互联网上引起关注，点击量在短短一天内超过千万。这不仅得益于高水平制作技术，更是因为其将制作技术与《西游记》的主题富矿结合，赋予游戏浓浓文化味，也

拓展阅读

给传统故事增添新颖、互动的形式，由此爆发出惊人传播力，让我们看到国产游戏传播优秀传统文化的可能性。

这一系列成果，无不昭示这样一个道理：让历史文化“活”起来的关键在于创造性转化、创新性发展。在历史文化资源的影像书写过程中，艺术表现手法、制作形式和技术手段的创新是提高传播力与亲和力的重要推手。但是，仅仅停留在形式上的创新还远远不够，还需要内容上的创新。近年热映的动画电影《哪吒之魔童降世》，就是对人们耳熟能详的传统形象进行重新设定，故事情节上的改编也贴合时代，赢得年轻人喜爱。改编应当建立在对原著深刻理解基础上，建立在符合时代发展规律基础上，避免娱乐化戏说和曲解历史。创作者应当深入发掘历史文化资源蕴含的积极思想观念、人文精神、道德规范，坚守传统文化的中华底色，提炼传统文化精神内核。在此基础上，进一步紧扣时代发展脉搏，利用好最新技术手段，创作出符合时代审美的文艺作品。

20

守正创新书写新时代气象

孙晓云

习近平总书记在党的二十大报告中指出："中华优秀传统文化源远流长、博大精深，是中华文明的智慧结晶"。以汉字为载体的中国书法，是中国人独一无二的文化创造，呈现出鲜明的东方美学特征，于笔墨挥洒间丰盈着中国人的精神家园。

在中国国家博物馆"征程：迎接庆祝党的二十大胜利召开书法大展"上，一件件翰墨佳作在继承传统的基础上，面向时代，开拓创新，聚焦新时代党和国家事业取得的历史性成就、发生的历史性变革，以及新时代"时代楷模"先进典型事迹、中国共产党人的精神谱系等，给人以美的熏陶和精神力量。

近年来，广大书法工作者在人民的奋斗中捕捉灵感，在改革创新的实践中积累素材，创作出一批具有时代气象的优秀作品，体现时代新发展，开拓文艺新境界。

艺术展现时代风采

书法艺术不仅仅是文人书斋里的陶然自乐，更承担着撰文记史、濡墨抒情的重要使命。那些流传千年的经典碑帖，蕴含不朽的艺术魅力，也留下了历史的印迹，记录了书写者的真情实感。近年来，广大书法工作者深入生活、扎根人民，更加注重将书法寄情抒怀的表达方式与记言录史的社会功能相结合，不断提升作品的精神能量、文化内涵、艺术价值，展现时代风采。

在“伟业：庆祝中国共产党成立一百周年书法大展”“盛世中国——庆祝中华人民共和国成立70周年书法大展”“中国力量——全国扶贫书法大展”“中国书协主题创作书法系列展——美丽中国”等主题书法展上，当代书法工作者将现代创作形式与新的时代内涵相融合，以我国经济社会发展中的重大成就为主题，谱写了壮美的时代新篇。

“他满脸烧伤的疤痕令我心疼不已，然而他的眼光中透露出的却是坚毅和淡然。”书家将对“时代楷模”、安徽省蚌埠市公安局特警张劼的敬佩之情抒发于笔底毫端，使作品不同于平时书斋里的简单抄录，彰显情感温度与生命厚度。当下，越来越多书法工作者将个人艺术创作与时代生活相贴合，把心、情、思沉到人民之中，使书法作品更具人民性、时代性。

国际交流中，一件件当代书法作品以多元艺术语言沟通世界，架起友谊的桥梁，展现可信、可爱、可敬的中国形象。近年来，由中国书协启动实施的“中国书法环球行”计划，持续增进文明交流互鉴；先后在多国举办的“汉字之美”中国书法展，吸引大量国外观众观赏；“美哉汉字·一带一路国际书法艺术高研班”等，搭建起书法文化交流的平台……以文会友、以艺通心，书法艺术的国际传播，让世界更好了解当代中国。

阔步新征程，广大书法工作者坚持“笔墨当随时代”，将个人艺术追求融入时代发展的洪流，形成宏观全景叙事与微观人文表达交织、时代与个体相互映照、满足人民文化需求和增强人民精神力量并重的创作、展览方式，书写了新时代新气象。

创新阐释中华美学

历代经典书法作品阐释着中华美学的至高境界，是中华民族宝贵的文化遗产。当代书法工作者既广涉古代碑帖，致力于中国书法文化的传承，又坚持古为今用、守正出新，推动中国书法实现创造性转化、创新性发展。

深入挖掘经典法帖的文化内涵，讲好中国故事。2022 年 9 月，在湖北省博物馆举办的“尚意千载——宋代书法主题展”，不仅展出了欧阳修、苏轼、米芾等书法大家的国宝级真迹，还邀请国内知名专家学者担任“国宝讲述人”，录制系列视频，讲述书法背后的故事，赋予经典新的时代意义。在“摩崖上的中兴颂——永州摩崖石刻拓片展”等大展上、《中国书法经典》等典籍中、以王羲之《上虞帖》等为蓝本衍生的文创里，越来越多碑帖经典中的文字“活”了起来。从线下到线上，科技进步也为经典法帖的传播提供更多可能。

古人难以得见的碑帖，今人可在线上展厅一睹其真容；多机位同时拍摄的网络教学直播，让遥隔千里的人们能够清晰领略创作细节；线上讲座等活动，更拓展了知识边界。在对经典的传承与创新中，书法文化与翰墨之美馨香远扬。

广泛搭建古今对话的艺术桥梁，引导大众审美。如今，人们对学习传统书法愈发感兴趣，这也对新时代书法工作者提出了更高要求。从中国书法兰亭奖评选，到各大专业书法展览评审，“植根传统，鼓励创新，艺文兼备，多样包容”的理念贯穿始终，越来越多书法工作者以优秀作品为大众提供丰富精神食粮。“兰亭论坛”“书写时代”“创作中的细节”等研讨活动，以学术建设引导社会审美，倡扬雅正书风，满足人民精神文化需求。从北疆雪村到南海渔镇，从西域高原到东海之滨，广大书法工作者以形式多样的书法志愿服务活动，为人们送去艺术之美。一个个志愿小分队深入工厂车间、营房边哨、医院学校等基层一线，让更多群众领略书法的艺术魅力；一批批名家走进城乡社区举办公益书法大讲堂，与书法爱好者面对面交流；一场场致敬时代楷模、道德模范、优秀科技工作者的专题活动，把社会主义核心价值观体现在文艺创作之中，以书法浸润心灵，以美育滋养精神。

一支笔、一方墨，一张纸、一本帖，不仅成为弘扬中华美育精神的重要载体，而且是普通中国人文化生活的组成部分。近年来，中国书协持续加强与中央广播电视总台、各大博物馆和图书馆的战略、学术合作，提升典籍整理、史学研究、碑帖出版、社会传播水平。广大书法工作者致力于活化经典，让更多人拿起毛笔，进入书法的审美世界，在保护与传承书法艺术的同时，激发了中华文化的创新创造活力。

同心凝聚奋进力量

让古老的书法艺术绽放时代光彩，需要广大书法工作者不断增强综合素养，书写和记录人民的伟大实践、时代的发展进步，将美的种子播撒到大众尤其是青少年的心间。

在一代代书法工作者的接力传承中，老中青梯次结构分明的书法创作队伍逐步形成，为推动书法艺术的传承与发展提供人才支撑。在“日月光华·当代书坛老一代代表性书法家作品展”上，一批优秀作品彰显了老一代书法家的使命担当与家国情怀，为青年后学树立榜样。为促进基层一线书法家、西部书法家和新文艺群体更好成长，中国书协等艺术团体开展专题培训，建立省际书法长期合作机制，通过各种学术性、公益性活动，引导书法工作者用精品力作弘扬中国精神、凝聚中国力量。已连续举办4届的“深入生活、扎根人民——文质兼美优秀基层书法家创作活动作品成果展”，既发现、选拔和扶持了一批优秀基层书法人才，也以充满烟火气的作品拉近了观众与书法艺术之间的距离。

如今，在有关部门和机构的大力推动下，越来越多青少年爱上书法，为推进文化自信自强储备有生力量。自2022年秋季学期起执行的新修订的《义务教育语文课程标准》，在课程目标中对三至九年级的学生提出书法学习、临摹、欣赏等方面的要求，意味着书法进校园、进课堂有了更加具体的实施和评价标准。学好书法，离不开教师的示范作用。2014 年启动的“翰墨薪传·全国中小学书法教师培训项目”，已累计培训 7500 余名书法教师。在一笔一画的书写中，孩子们不仅能够领略中华优秀传统文化的深厚底蕴，更能深刻感悟中国人特有的思维方式、美学品格，激发起对国家和民族的赤子情与责任感。

新征程上，广大书法工作者将继续挥毫运笔弘扬传统文化，饱蘸浓墨书写时代气象，以精品力作滋养美好心灵。薪火相传、生生不息的书法艺术，必将在守正创新中谱写新时代华章。

《人民日报》2022 年 12 月 4 日第 8 版

拓展阅读

一笔一画、用心用情书写美育新篇

陈胜凯

2022年，为推进新时代研究生教育改革发展，“书法”从此前隶属于“美术学”之下的二级学科，升级为“美术与书法”，成为与一级学科“艺术学”并列的专业学位。随后，中央美术学院将该校“中国画学院”，正式更名为“中国画与书法学院”。书法教育的持续升温，一方面加快推进了书法本体研究的进程，一方面体现出书法在德育、美育方面的独特优势。

历史悠久的书法艺术，记录着中华文明发展进程，承载着中华优秀传统文化，蕴含着丰厚的中华美学精神，是以美育人、以美化人的重要抓手。无论是修长匀称的篆书、蚕头燕尾的隶书，还是飞洒狂放的草书、方正规矩的楷书，都体现着中国文化之美。

古往今来，书法作品的格调还往往同创作者的人品修养相连，观者可以从翰墨中得见创作者的心境、人格、情感与个性，因此，经典书法作品成为开展德育、美育的有效载

拓展阅读

体。一件件经典书法作品，展现着历代书法家“修身齐家治国平天下”的胸襟与抱负，凝聚起明德笃行的力量。

近年来，教育部出台多项举措推进书法进校园、进课堂，让中小学生于书写中感悟文化之美，提升审美素养、陶冶情操、温润心灵，进而激发创新创造活力，促进学生的全面成长。在社会层面，深入挖掘经典书法背后的文化气质，不仅有利于引导学书之人不断增强自身学识和修养，提升大众书法的格调与境界，更有助于提升社会的整体审美素养。

研究好、展示好、传播好书法之美，便成为美育工作的重要内容。如今，许多书法作品不仅出现在展厅里，更融入人们的日常生活，滋养美好心灵。例如，一些经典书法作品，经过设计师的创意转化，成为备受人们喜爱的文创产品，进入千家万户，融入大众日常生活。如广东省博物馆在元代钱逵《四体千字文》基础上设计的徽章、冰箱贴、帆布袋等，将书法的艺术魅力与现代生活需求结合起来，不仅让书法“活”起来，也为人们忙碌的生活增添了一抹诗意。

书法艺术起源于古人的生活实践，如今的书法创作更应回归时代生活，才能让作品吸引人、感染人、打动人。2022年，在中国国家博物馆“征程：迎接庆祝党的二十大胜利召开书法大展”上，300余件作品聚焦新时代的历史性成就和

拓展阅读

历史性变革，以中国共产党人的精神谱系和先进事迹等为主题，用翰墨记录历史，赞美英雄。屯垦戍边的巡边员、坚守三尺讲台的人民教师、热血铸忠诚的人民警察等成为被书写的对象，观众可以在欣赏书法艺术的同时，感受到榜样身上的精神力量。书法艺术源于人民、为了人民、属于人民，为人民所喜闻乐见的书法，才是有生命力的艺术。书法艺术的创新绝不是割断血脉、凭空虚造，而是既要师法传统，又要结合当代审美，使书法内容与形式相统一，滋养人们的审美观、价值观。

植根中华优秀传统文化沃土的书法艺术，具有旺盛的活力。推进文化自信自强，离不开对书法艺术的创造性转化、创新性发展。书写更多属于时代的精品力作，让书法中的人文韵味、审美趣味走近大众，让更多人了解书法、爱上书法，方能一笔一画、用心用情书写美育新篇。

21

创作力源自关注社会的能力

奚美娟

电影不是一个人能完成的工作，但又是极具个人风格的艺术——获得中国电影金鸡奖最佳女主角奖时我曾这样说。获奖对我来说具有双重意义，既是来自业内的专业认可，也是对近年来电影工作者初心不改、始终坚守在这方艺术天地里的尊重与肯定。

《妈妈！》这部电影很特别，我在影片中饰演一名60多岁、患了阿尔茨海默病的“女儿”。这个角色，是我从业数十年最丰富、最复杂的一次表演艺术实践。“女儿”早、中、晚期病情演变过程的“接口”是什么？在清醒和失忆之间被动游走的状态如何呈现？作为演员，我必须去靠近，也有强烈愿望去探索这个特殊的领域。《妈妈！》开拍之前，我看了一些相关题材的电影作品，阅读了医学书籍、资料，一步步触碰到这个角色有形或无形的轮廓。小半年的时间里，人物与我如影随形。

直面生活，是塑造人物的关键。艺术不是简单地复制生活，艺术家要不断地把自己对生活的认知和理解，潜移默化地演绎到角色身上去。作为一名演员，要在日常生活中做一个有心人，而不是等有了一个具体拍摄项目才去寻找生活中的例子。不断回望、反思，这是我经常告诫和提醒自己的。

近年来，我参演了许多现实题材影视剧，包括《妈妈！》《功勋》《在一起》《突围》等。现实主义题材的优势在于当下，社会发生的事件借由文艺的载体，让人们得以快速感知和触摸。创作难度在于，现实主义题材里更容不得沙子，因为演员饰演的人物、剧中讲述的故事，可能就发生在每个人身边，作品的好与差、人物塑造得像与不像，观众一目了然。

没有一个角色是雷同的，塑造好角色，演员也在这个过程中得到更多滋养。我参演的黄河治理主题历史传奇剧《天下长河》2022年在芒果 TV 播出，我在剧中饰演孝庄太后。有时候，你必须从正反两面去揣摩角色，这样塑造出来的角色才更丰富、饱满，有血有肉，观众就不会认为演员是在简单地表达人物。

党的二十大报告提出，坚持以人民为中心的创作导向，推出更多增强人民精神力量的优秀作品。近年来，主旋律影视作品将大量镜头对准了普通人，无论《妈妈！》中的冯济真、《在一起》中的张敏华，还是《突围》中的程端阳，我饰演了许多小人物，但她们都是最接地气的人民群众的一部分。大时代中的小人物很平凡，但传递的内涵与价值并不微小。关切普通人的共情，传递积极的人生态度，也是坚持以人民为中心的创作导向的重要方面。

对于工作在艺术创作一线的文艺工作者来说，无论编剧、导演，还是演员，饱满鲜活的创作力，就是源源不断的生命力。创作力来自何处？艺术创作不以年龄为分界，而是源自对日常生活的敏锐感知，对所处社会始终关注的能力，以及扎实的专业基本功。我想，创作的原动力应该就来自于此。

《人民日报》2022 年 12 月 19 日第 10 版

拓展阅读

以真实之笔朴实之语书写英雄

郑晓龙

党的二十大报告指出，坚持以人民为中心的创作导向，推出更多增强人民精神力量的优秀作品。

电视剧是反映社会生活的艺术形式，通过故事、情节和人物去感动人，以春风化雨的方式传递思想和价值。2021 年，我和毛卫宁、沈严、林楠、杨文军、康洪雷、阎建钢、杨阳 7 位导演拍摄的电视剧《功勋》播出后，获得广大观众的喜爱和好评，很多人被剧中人物所感动，受到了激励和鼓舞。

《功勋》讲述的是第一批获得共和国勋章的 8 位功勋人物的故事。用电视剧的形式表现英模人物，在创作上难度很大，对我们来说也是一次新的尝试，极具挑战性。

8 位功勋人物中有些是我们比较熟悉的，有些还比较陌生。为了讲好故事，塑造好人物，在剧本创作伊始，我们就强调一定要有“下生活”这个环节，必须扎根生活、深入生活，做调查研究，这样剧本才能更生动。这部剧中，几乎每个单元的主创都曾拜访功勋人物本人。我们深入功勋人物的

拓展阅读

家庭、工作场景采访调研，拿到一手资料。他们的事迹感动着我们，升华了我们的思想，成为创作的源头活水。

例如，2019年，毛卫宁导演前往广西，见到了91岁高龄的李延年。老英雄对牺牲的战友们的怀念，让毛卫宁记忆深刻。这也让毛卫宁和编剧刘戈建坚定了《能文能武李延年》不能仅仅写李延年在战场上的功绩，还要写李延年和他的战友们的深厚情感。因此剧中最终呈现了懦弱却有情有义的“逃兵”小安东、看似贪生怕死却在关键时刻只身进入敌军坦克的罗厚财、误踩地雷而英勇牺牲的李源……这些都是李延年惦念的战友们的形象。

因为真实，落笔之处就会动情。有别于其他现实主义剧目的创作，《功勋》表现人物的方式大部分不存在所谓的“戏剧张力”，编剧更多的是将“真实挖掘”做到极致。今天，人们对英雄的认知比以前更宽泛，例如，英雄不仅是重大革命历史事件中的人物，也可以是默默耕耘的凡人，但他们在时代和人民需要之时，做出了不平凡的事。英雄、功勋、楷模绝非“不食人间烟火”，他们有着生而为人的普遍情感，也有着能成就功勋事业的特质，如坚韧不拔的精神、迎难而上的勇气，这是人类共同向往的崇高品质。所以，我们不追求英模的“高大上”“伟光正”，而是把他们作为真正

拓展阅读

的“人”来写、来拍，找到他们最宝贵、最闪光的地方，浓墨重彩地去写他们成为功勋人物的过程，写他们的人生，写他们的精神、境界和努力。

在授勋的时候，曾有三个词评价功勋人物们：忠诚、朴实、执着。这也是剧中人的灵魂。我们有意识地细致描摹英雄人物的平凡之处、普通人的崇高人格，让观众喜欢看，愿意投入情感。同时，集中笔墨写功勋人物的“高光时刻”，让观众读懂功勋人物的卓越所在，读懂英雄人物的时代价值。我们不追求为每个功勋人物写一部长篇传记，而是截取他们人生最华彩的一部分，做到主题突出、结构精致、人物性格鲜明、情节紧凑。每位功勋人物的故事以6集为限，既给每个故事留有足够的创作空间，又相对独立；既追求分组故事风格各异，又实现整体的统一融合。

现实主义是《功勋》的总体基调。概括地讲，第一是真实，用画面和故事准确还原那个年代的真实生活；第二是朴实，用朴实的情感、朴实的艺术语言表现朴实的功勋人物；第三是平视，用平视的眼光去发现功勋人物平凡中的不平凡，表现他们不平凡中的平凡。每一位功勋人物的事迹和贡献，必然与他所处的时代背景有关，脱离时代塑造人物，观众会感觉不真实、有隔阂。真实还原，涉及制作上的方方

拓展阅读

面面、点点滴滴，包括服装、道具、美术、置景都要力求逼真，比如导弹都是按照 1 ：1 的模型做出来的，细节非常准确。我们甚至要求各单元的小角色、群众演员不能重复出现。细节真实可以带来情节的真实、情感的真实。人物是真实的，故事也是真实的，但细节不真实，观众就不会相信。细节刻画，考验的是创作者对生活的观察与感悟、对灵感的捕捉和把控，尤见艺术功力。

在英模题材电视剧创作上，《功勋》是一次成功的尝试。无论是在创作中还是在拍摄中，我们始终约定：把功勋人物还原成普通人来拍，忠于他们生而为人的情感，也忠于时代真实的逻辑。我们希望通过这部剧传递出功勋人物的精神力量，激励更多年轻人以才智报国，把英雄们的伟大精神不断传承下去。

22

倡导文质兼美、神采奕奕的文艺评论

梁鸿鹰

2021 年 8 月，中宣部等五部门印发的《关于加强新时代文艺评论工作的指导意见》要求“改进评论文风，多出文质兼美的文艺评论”，直指当前文艺评论存在的弊端，提出了改进的具体要求。当前文艺评论的不足之处，除了缺乏秉笔直书、公道直言的实事求是精神之外，在文风上也存在诸多问题。例如，有的居高临下、高深莫测，有的深文周纳、佶屈聱牙，有的空洞乏味、浮皮潦草，不及物、不好读、不可亲，没有鲜活的神采，难以发挥应有作用，影响了公信力和权威性。

文风是文艺评论的命脉。没有好的文风，改进和加强文艺评论就是一句空话。文风得到改进，文艺评论的生机活力才有望得以焕发，权威性、公信力才能得到彰显。文质兼美，应该成为文艺评论文风的自觉追求。

改进评论文风要贯彻实践观点，坚持从实践中来，到实践中去。文艺评论的源头活水是发展变化着的文艺实践。评论来自实践、作用于实践，实践是评论的生命力之源。评论工作者不仅是当下文艺实践的参与者、见证者，更是实践的学生。要紧贴当代文艺实际，置身文艺现场，与时代对文艺的要求同步，运用科学理论武器，解读文艺实践，在丰富多彩的创作中找寻话题，透过纷繁复杂的文艺现象，看到文艺风潮的起伏，对创作倾向、审美思潮和消费时尚进行判断，发现规律、揭示本质，言之有物，言之成理，避免凌空蹈虚，使笔下的论述具有丰富的内涵，以富于洞察力、前瞻性和引领性的神采，给创作以启发。

改进评论文风需要激发创造性。评论和创作一样，是富于个性化和创造性的精神劳动。现在不少文艺评论读起来味同嚼蜡、暮气沉沉，就是因为缺乏创新理论与创新思维支撑，习惯于陈陈相因，缺乏独特的论点、论据和论证，导致文章千篇一律、千人一面，陈旧呆板、面目可憎。要使评论文风鲜活生动，活泼可亲，评论家要具有鲜明的问题意识，善于一把钥匙开一把锁，对不同现象与不同作品进行具体、个性、科学的分析，为推动文艺繁荣提供真知灼见。

改进评论文风要增强主动性针对性。目前不少评论议题缺乏主动性和问题意识，评论家匆忙上阵、依赖惯性、被动应付较为普遍，导致很多评论文章陈词滥调、言不及义。文风的鲜活灵动，必然来自主动性和针对性。优秀的评论家要做时代文艺发展敏感的雷达，当代最新文艺佳作的发现者、推荐者。好的文艺评论往往有较强的问题意识，敏于反应、率先发声，善于主动设置议题，要自觉保持对新人新现象的热情关注，敢于主动围绕焦点热点发声，旗帜鲜明，深刻揭示什么是应该肯定和赞扬的，什么是必须反对和否定的。

质而无文，其行不远。文而无质，其行不久。好文风有门槛，并非一蹴而就，只有认真对待文字，勤于钻研、学习和实践，才有望入其门径。而且，这种学习不只是写作技法上的，更要提高文章之外的多种修养。评论家特别要加强思想理论储备，自觉将马克思主义文论、中国古代文论和西方文论资源有机融合，反对挪用西方话语解释中国的创作实践，用西方理论剪裁中国文艺实践，避免隔靴搔痒，融科学与艺术、智慧与美感于一体，论理讲美，文质彬彬，推出更多有思想、有温度、有品质的评论。

文风体现学风作风。文字的背后是学养、品格和境界，好的评论往往是评论家发自内心的赏识、理解或感奋。文艺评论需要拥有对文艺实践和文艺创作的同理心共情心。那种对文学艺术的敬畏之心，对创新创造的敬慕之心，那种以审美的眼光去体察一切的评论，才能使笔下的文字文质兼美。要反对居高临下、指手画脚的评论姿态，抵制庸俗吹捧的评论，反对刷分控评等不良现象，是什么问题就解决什么问题，在什么范围发生就在什么范围解决。评论家要以护花使者和同路人的心态，认真体悟创作甘苦，潜心研读各类作品，才能言之有理、以理服人。要倡导评论贴近群众，以更多风格质朴，短、实、新的评论，春风化雨、润物无声，促进文艺健康发展。

《光明日报》2021 年 8 月 10 日第 2 版

拓展阅读

把好文艺评论方向盘

董　阳

习近平总书记指出："要高度重视和切实加强文艺评论工作。"文艺评论是引导创作、推出精品、提高审美、引领风尚的重要力量。为适应新时代文艺发展新形势新要求，2021年8月，中共中央宣传部等五部门印发《关于加强新时代文艺评论工作的指导意见》，要求加强和改进文艺评论工作，明确提出要把好文艺评论方向盘。

一部热门电视剧观者众多，评说纷纭，好在哪里，差在何处？围绕"流量艺人"新闻不断，这类现象怎样产生、如何看待？数字化趋势愈加明显，对文艺生态、文化生活产生了怎样的影响，如何顺应趋势、趋利避害？……持续追踪、及时回应这些文艺话题，不仅是文化管理者和研究者的重要课题，更关乎人们的文化生活质量和精神世界建构。把好文艺评论方向盘，事关创作方向、审美风向、价值取向，至关重要。

把好文艺评论方向盘，首先要把稳正确导向，要掌握马克思主义文艺理论的思想精髓和基本方法。文艺作品作为精神文化产品，往往以艺术的审美的方式表达对世界、现实和人生的看法。站在什么立场，主张什么价值，秉持什么态度，都有意识形态属性。有的作品歌颂英雄、高扬正义、倡导平等，应当给予肯定和鼓励；有的作品虚无历史、宣扬拜金、渲染暴力，违背社会价值底线，必须予以坚决批驳；有的作品本着求真向善的态度，探讨变革时代的人生、社会、未来，进行艺术探索创新，需要关心包容和深化讨论。这类评判难度更大，也更凸显批评的价值和功夫。总之，文艺评论中，价值判断不能缺席，目标是以社会主义核心价值观引领社会风尚；不为庸俗、低俗、媚俗作品和泛娱乐化等推波助澜是必须坚守的底线。

尊重艺术规律、尊重审美差异是客观评价文艺作品、把握文艺现象、文艺思潮的基本前提。这就对文艺批评者的阅历、眼光、水平提出了要求，只有博学、博览、博识，才能在面对纷繁复杂的文艺作品和文艺现象时入乎其内、发而中节，不至于用狭隘的个人好恶来评判宽广的艺术光谱。当然，既要尊重审美差异，也要重视审美标准，达没达到这类创作的“金线”，突破在哪里、不足在何处，多是可以达成共识的，对此看得准、说得透，才是有效有益的文艺批评。

拓展阅读

发挥好文艺评论的“方向盘”作用，关键在文艺评论的话语能力建设。评论者首先应该是一个好读者、好观众，在大量阅读、观赏、鉴赏基础上锤炼敏锐的审美感受力；评论者还要能够站在创作者的立场，体会创作的甘苦，感悟创作的要领和规律。但评论者毕竟不只是好读者、好观众和创作者的知心人，更是话题的设置者、讨论的发起者和参与者、文艺评论文章的创作者，在文艺洞见的提炼上、审美判断的阐述上，都要高出一筹，做到话题吸引人，行文抓住人，思想启发人。

当前，新的文艺生产方式、新的文艺形态不断涌现，文艺新现象、新思潮层出不穷，亟须具有穿透力和阐释力的文艺评论提供正确认识、发出权威声音。文化产品空前丰富、舆论环境复杂多变，加之传播的分众化、趣味的多元化，都给达成文艺对话和审美共识带来难度，这种情况下，实践“批评精神”有挑战，更有必要。文艺评论者要迎难而上、有所作为，在艺术质量和水平上敢于实事求是，对各种不良文艺作品、现象、思潮敢于表明态度，在大是大非问题上敢于表明立场，坚持说真话、讲道理，坚持褒优贬劣、激浊扬清，为文艺繁荣发展厚植肥沃土壤。

23

植根于文艺实践的土壤

——纪念《在延安文艺座谈会上的讲话》发表80周年

阎晶明

1942 年 5 月的延安文艺座谈会上，毛泽东分别于 5 月 2 日和 23 日发表重要讲话。从此，中国革命文艺和社会主义文艺有了自己的理论指南，奠定了党的文艺方针政策的基石，成为马克思主义文艺理论中国化的典范。毛泽东《在延安文艺座谈会上的讲话》(以下简称《讲话》）距今已有 80 年，我们今天重温《讲话》，再一次感受《讲话》对中国革命文艺、社会主义文艺所发挥的指导作用，领悟《讲话》精神对新时代文艺事业的启示，总结《讲话》在文艺理论上的卓识对中国现当代文艺发展史研究、文艺理论研究所具有的价值，意义深远。

从分析、总结文艺现实问题的过程中寻求理论上的升华

《讲话》带来的启示是多方面的。其中很重要的一条在于，它昭示了一个道理，即理论的生命力来自同实践的联系，只有针对实践发问，总结实践中积累的经验，解决实践中出现的问题、产生的矛盾，并且把目标面向未来更加丰富的实践，理论才能常新。许多与创作实践相脱节的抽象的理论，对当时文艺实践益处不大，对未来也少有启示。

《讲话》指出："我们讨论问题，应当从实际出发，不是从定义出发。"时间过去了 80 年，中国社会发生的巨变可谓改天换地、翻天覆地，中国文艺发生的局面可谓繁花盛景、五彩缤纷。历史条件发生根本性变化，但为什么《讲话》的理论精髓、精神实质，仍然常说常新？恰恰就在于它的实践性。正是因为面对当时的文艺实践，思考和探讨了文艺与时代、社会、人民的要求之间的关系，《讲话》的精神才得以深深地植根于文艺实践的土壤，从而使得理论结论可以到实践中去检验，验证其生命力之有无以及是否强劲。

毛泽东深谙文艺之道，但他不是从文艺研究者、创作者的姿态上去谈文艺，而是以一个政治家的远见卓识来看待文艺与革命、时代、社会、人民的关系，由此讨论究竟应当"为什么人"和"怎样为"的问题。延安文艺是中国共产党领导的新民主主义革命的一个重要组成部分。文艺问题也是毛泽东在思考中国革命时的重要问题。当时的延安，是许多有理想、有抱负的青年向往的神圣的地方。延

安也聚集了一大批文艺人才。但正如《讲话》指出的："抗日战争爆发以后，革命的文艺工作者来到延安和各个抗日根据地的多起来了，这是很好的事。但是到了根据地，并不是说就已经和根据地的人民群众完全结合了。我们要把革命工作向前推进，就要使这两者完全结合起来。我们今天开会，就是要使文艺很好地成为整个革命机器的一个组成部分，作为团结人民、教育人民、打击敌人、消灭敌人的有力的武器，帮助人民同心同德地和敌人作斗争。"强烈的问题意识，深入的调查研究，在调研中发现问题，从分析、总结文艺现实问题的过程中寻求理论上的升华，这是《讲话》重要的前提。

以历史唯物主义和辩证唯物主义寻求正确的文艺发展方向

为解决战时文艺的实践问题，寻求正确的文艺发展方向，《讲话》以历史唯物主义和辩证唯物主义的态度进行分析和阐释。这篇文献在很大程度上是毛泽东那一时期对党内一系列系统性思考的组成部分。1942 年 5 月 21 日，中共中央政治局会议专门讨论了延安文艺座谈会的结论问题。此时正是毛泽东第二次讲话之前，他在会上强调必须整顿文风，必须达到文艺与群众结合，要注意普及与提高，并以普及为基础。同时注意吸收外国的东西。这些问题的指出，包括歌颂光明与暴露黑暗、文艺界内部的团结等问题，毛泽东早有思考，并且与其他领域的问题作为整体来观察、思考。

1942 年 1 月以来，毛泽东多次就纠正党内作风、改进新闻舆论发表重要讲话，其中的观点与他对文艺问题的思考具有系统性和一致性。毛泽东认为很多干部"急切需要解决文化基础问题"，提出希望革命干部要能看能写。他指出报纸言论“题材应切实，文字应通俗”“所谓文风不正，就是说有党八股的毛病”“从历史来看，党八股是对五四运动的一个反动”。同时又指出“五四运动本身是有缺点的”“所以，党八股也是五四运动的消极因素的继承、继续或发展”。此外还指出，现实中“对文化水平低的工农老干部没有以文化教育为主，今后应强调文化教育”。这些论点，事实上已经指向了文艺如何与人民群众相结合，如何适应革命需要等问题。

文艺“为什么人”的问题，文艺如何反映现实，如何评价现实中发生的事，文艺家如何能够本着对时代和社会负责任的态度去表现题材、揭示主题，这是一个思想认识上的重大问题。1942 年 2 月 17 日，毛泽东参观延安美协举办的讽刺画展览。事后某日，专门邀请三位参展画家华君武、蔡若虹、张谔谈话。毛泽东说:“有一幅画，叫《一九三九年所植的树林》(华君武作)，那是延安的植树吗？我看是清凉山的植树。延安植的树，许多地方是长得好的，也有长得不好的。你这幅画把延安的植树都说成是不好，这就把局部的东西画成全局的东西，个别的东西画成全体的东西了。漫画是不是也可以画对比画呢？比方植树，一幅画画长得好的，欣欣向荣的，叫人学的。另一幅画画长得不好的，树叶都被啃光的，或者甚至枯死了，叫人不要做的。把两幅画画在一起，或者是左右，或者是上下，这样画，是不是使你们为难呢？”华君武说:“两幅画对比是可以画的，但是，不是每幅漫画都那样画，都那样画，讽刺就不突出了。有一次乔儿沟发大水，山洪把西瓜地里的西瓜冲到河里，鲁艺有些人下河捞西瓜，但是他们捞上来后不是交还给种西瓜的农民，而是自己带回去吃了。这样的漫画，可不可以画呢？”

应该说，华君武以一个艺术家的角度提出的问题也很有道理。的确，歌颂和批判各占百分之五十，讽刺的意味如何表达，是个需要探讨的问题。对此，毛泽东指出：这样的漫画在鲁艺内部是可以画的，也可以展出，而且可以画得尖锐一些。如果发表在全国性的报纸上，那就要慎重，因为影响更大。对人民的缺点，不要老是讽刺，对人民要鼓励。这里，毛泽东深刻地指出了作品的社会效益问题。为了改进工作，延安内部的批评可以严厉些，再严厉些。但如果是在全国的报纸上发表，任何一种表达都会被人看成就是延安的本来，甚至授人以柄。慎之又慎的要求应该说是符合当时实际要求的。

从 1942 年 3 月开始，毛泽东就文艺问题开展调查研究。3 月 31 日，即已召开作家座谈会，讨论《解放日报》改版问题。针对整顿学风党风文风过程中出现的冷嘲热讽现象，指出“批评应该是严正的、尖锐的，但又应该是诚恳的、坦白的、与人为善的。只有这种态度，才对团结有利。冷嘲暗箭，则是一种销蚀剂，是对团结不利的”。他邀请作家萧军、欧阳山、草明、舒群等人搜集文艺界情况，包括“反面的意见”，并与作家们深入讨论党的文艺方针政策等问题。在实践中发现问题，同时又要深入调查，以求做到实事求是、有的放矢，为延安文艺座谈会的召开进行了充分准备。

在毛泽东的认识中，文艺“为什么人”和“如何为”，以及普及与提高、歌颂与批判，都是互相关联的问题，是既属于文艺又超出文艺的问题。4 月下旬，他召集鲁迅艺术文学院的何其芳、周立波等谈话。参加座谈者中有人问，当时反映抗日战争的作品感人的比较少，是不是由于生活要经过沉淀，经过一段时间的隔离，然后才能够写成很好的作品？对此，毛泽东说：“写当前的斗争也可以写得很好，4 月 6 日《解放日报》上一篇黄钢的作品《雨》，写得很好，就是写当前敌后抗日战争的。”如何对待延安，如何通过文学反映现实斗争，文学要不要及时反映现实，毛泽东以辩证的态度给予了回答和解释。

没有先进的理论指引，文艺必定走脱离时代与脱离大众的弯路

《讲话》既是毛泽东个人对文艺问题的系统思考和完整表述，同时也包含了党中央的集体智慧和共同意见。1942 年 5 月 21 日，中共中央政治局会议专门讨论了延安文艺座谈会的结论问题。会议同意毛泽东指出的延安文艺界存在着的偏向，党的文艺政策的基本方针是为群众和如何为群众的问题。应当说，毛泽东 5 月 23 日的第二次讲话所指出的问题和强调的方向，是代表党中央向文艺家们提出来的。之所以站在这样的高度讨论文艺问题，正是因为中国共产党对文艺发挥作用的深刻认识和高度重视。正如《讲话》开宗明义指出的：“在我们为中国人民解放的斗争中，有各种的战线，就中也可以说有文武两个战线，这就是文化战线和军事战线。”

《讲话》站在中国革命需要的政治立场观察和思考问题，在发现问题后，又经过了广泛深入细致的调查研究，在集体讨论的基础上很慎重地提出结论。这些理论结论和要求，对于当时的延安文艺，对革命文艺都发挥了重要的引领作用。《讲话》是面向现实的，目的

是解决实践中的问题。它从现实的土壤里生长而出，保持着强大的生命力。

今天，我们身处新时代，开启新征程，中国当代文艺的繁荣发展呈现出许多新景象，也面临许多新课题。80 年沧桑巨变，《讲话》的精神和思想内涵仍然常说常新。这是因为，面对实践，使文艺承担起不负时代、不负人民的使命是一切先进理论的根本追求。我们要以《讲话》的精神来学习《讲话》。这篇重要《讲话》带给我们的最大启示就是，没有先进的理论指引，文艺必定走脱离时代与脱离大众的弯路；同时，只有面对实践，从解决实践问题出发，由历史检验并证明其正确性，理论才葆有长久的生命力。

《光明日报》2022 年 5 月 23 日第 9 版

拓展阅读

在人民的沃土中培植文艺之花

钱念孙

我年轻时曾下乡务农。寒冬腊月的池塘边，见老农从刺骨的水中摸出一条鱼，一会儿又是一条……我好生奇怪，也学着摸。胳膊伸入水中，缓慢移动，碰到成群的鱼儿，它们并不逃跑，而是围着散发热度的手掌打转。此时，你只需和鱼不断接触亲近，逐渐拿捏到鳃后的恰当位置，慢慢上提，快出水时用力抓紧，全不费工夫。

文艺创作与生活的关系，也与这学摸鱼一样——仅站在岸边看表面现象，或仅凭主观揣摩，往往无法了解和把握其中的奥秘；而只有潜入生活的河流之中，才能真切感知时代脉搏的跳动和社会的纷繁斑斓。

习近平总书记在党的二十大报告中强调，坚持以人民为中心的创作导向，推出更多增强人民精神力量的优秀作品，培育造就大批德艺双馨的文学艺术家和规模宏大的文化文艺人才队伍。近些年来，文艺工作者把以人民为中心的创作理念贯穿于创作、生产、评论、传播的全过程。中国作协开

拓展阅读

展“深入生活，扎根人民”下基层主题实践活动，实施“新时代山乡巨变创作计划”和“新时代文学攀登计划”，推出一大批“欢乐着人民的欢乐，忧患着人民的忧患”的优秀作品，既在一系列文艺评选中获得奖杯，又在广泛流布中获得老百姓的口碑。

最近读到老藤的长篇《北地》。该作品以精巧构思和深入思考，不仅生动呈现了一位党的领导干部与人民一道，把“北大荒”变成“北大仓”这一艰辛而壮阔的奋斗历程，更写出了这位以毕生求索淬炼初心的领导干部，对过往峥嵘岁月的反思。作品对党性与人民性水乳交融的描写，对顺境与挫折反复磨砺的刻画，透显出作者深入生活的厚实积累、扎根人民的忠诚情怀。

前些天还翻阅乔叶的长篇小说《宝水》。这部写乡村振兴的出彩之作，摈弃从概念出发演绎重大主题的套路，对乡村转型走文旅路线每一个前行和犹疑的脚步，对旧传统与新生活每一次碰撞和纠缠，对土生土长的本村人与形形色色的外来客面对新农村巨变产生的种种心理波动等，都有深切体察和生动描绘。

何以能如此？关键在于作家摸透生活的纹理皱褶，反映人民的苦辣酸甜。谈到自己一次次“深扎”农村的情景，乔

拓展阅读

叶说:“村民们的由衷笑容和鲜活讲述总是让我忍不住感叹,这真是超过了书房里的想象。对乡村的架空判断很像是干枯的论文,只有走到乡村内部去仔细端详,你才会知道,它蕴藏的其实是一部怎样丰沛丰满的小说。”

人民既是历史的创造者,也是历史的见证人。文艺只有反映人民心声,才能受到人民欢迎。近年来颇受好评的文艺佳作,从梁晓声的《人世间》到许春樵的《下一站不下》,从老藤的《战国红》到陈彦的《装台》《主角》等,无不聚焦平民百姓向往美好生活的人生拼搏和情感追求,凸显普通劳动者本真生活中蕴藏的大情怀,从而以有血有肉的人物形象讴歌人民的平凡和伟大,呈现时代前行的铿锵步履和缤纷异彩。

文艺之花,离不开社会生活的土壤,离不开世道人心的阳光。与山河大地相依相偎,与人民大众同心同行,创造传得开、留得住的精品力作,这是社会主义文艺发展的本质要求,也是广大文艺工作者孜孜以求的努力方向。

24

坚守新时代文艺的人民立场

刘　明

习近平总书记强调，“源于人民、为了人民、属于人民，是社会主义文艺的根本立场，也是社会主义文艺繁荣发展的动力所在”。100年来，党领导文艺战线不断探索、实践，走出了一条以马克思主义为指导、符合中国国情和文化传统、高扬人民性的文艺发展道路，文艺事业百花齐放、生机勃勃。历史和实践都证明，坚持党的领导，坚守人民立场，是社会主义文艺事业繁荣发展的根本保证。我们要深入学习贯彻习近平总书记的重要论述，充分认识人民立场的重大意义，深刻领会人民立场的重要内涵，牢牢把握人民立场的重点方向，时刻坚守新时代文艺的人民立场，为奋力实现第二个百年奋斗目标、实现中华民族伟大复兴中国梦作出新的贡献。

充分认识人民立场的重大意义

习近平总书记指出，“当代中国，江山壮丽，人民豪迈，前程远大”。推动社会主义文艺发展、建设社会主义文化强国，当代中国文艺“义不容辞、重任在肩、大有作为”。新时代中国文艺坚守人民立场，为社会主义文艺事业繁荣发展提供了思想保证、内在动力和精神支撑。

新时代文艺肩负崇高使命。实现中华民族伟大复兴是近代以来中国人民最伟大的梦想。今天，我们比历史上任何时期都更接近中华民族伟大复兴的目标，比历史上任何时期都更有信心、有能力实现这个目标。为此，必须高度重视和充分发挥文艺和文艺工作者的重要作用。举精神之旗、立精神支柱、建精神家园，离不开文艺。文艺是时代的号角，最能代表一个时代的风貌，最能引领一个时代的风气。历史和现实都证明，一个民族的复兴需要强大的物质力量，也需要强大的精神力量。只有走中国道路、弘扬中国精神、凝聚中国力量，才能在新时代的征程中，无愧时代，无愧人民，不断迈向中华民族伟大复兴。

新时代文艺激发精神动力。文化是民族生存和发展的重要力量。在几千年的历史变迁中，中华民族从来不是一帆风顺的，之所以能够从无数艰难困苦中挺过来、走过来，其中一个很重要的原因就是世世代代的中华儿女培育和发展了独具特色、博大精深的中华文化，为中华民族克服困难、生生不息提供了强大精神支撑。构建中国人民的精神世界，构建中华民族共有精神家园，都离不开文艺，文艺工作者大有可为。通过更多有筋骨、有道德、有温度的文艺作品，书写和记录人民的伟大实践、时代的进步要求，可以弘扬中国精神，凝聚中国力量，鼓舞全国各族人民朝气蓬勃迈向未来。新时代中国文艺要增强文化自觉，坚定文化自信，以强烈的历史主动精神，积极投身社会主义文化强国建设，用自强不息、厚德载物的文化创造，展示中国文艺新气象，铸就中华文化新辉煌。

新时代文艺涤荡思想灵魂。文艺是世界语言，是不同国家和民族相互了解和沟通的最好方式。以文化人，更能凝结心灵；以艺通心，更易沟通世界。中国人民历来具有深厚的天下情怀，新时代中国文艺理所应当把目光投向世界、投向全人类。用情用力讲好中国故事，向世界展现可信、可爱、可敬的中国形象；通过塑造更多为世界所认知的中华文化形象，努力展示一个生动立体的中国，为推动构建人类命运共同体谱写新篇章。面对当今世界文化激荡，中国文艺在党的坚强领导下，以马克思主义为指导，立足中国大地，植根中华优秀传统文化，以更加昂扬的姿态屹立于世界。历史和现实都证明，坚守人民立场，才能确保人民在精神生活上充盈富足，才能确保中国文艺在世界文学艺术领域鲜明确立中国气派、彰显中国风范，稳固立足之基。

深入领会人民立场的重要内涵

习近平总书记明确指出："社会主义文艺，从本质上讲，就是人民的文艺。""文艺要反映好人民心声，就要坚持为人民服务、为社会主义服务这个根本方向。"坚守新时代文艺的人民立场是党对文艺战线提出的一项基本要求，是社会主义文艺发展的根本保证。

源于人民、为了人民、属于人民，是社会主义文艺的根本立场。文艺源于人民，人民是文艺创作的源头活水。人民生活是文艺创作的不竭源泉。扎根人民，扎根生活，走进实践深处，走到人民中间，是文艺创作最根本、最关键、最牢靠的办法。文艺为了人民，人民的需要是文艺存在的根本价值。满足人民日益增长的精神文化需求，是文艺和文艺工作的出发点和落脚点。文艺属于人民，其本质就是人民的文艺。为谁创作，为谁立言，是文艺和文艺工作的着眼点和着力点。只有顺应人民意愿、反映人民关切的文艺创作，才能永葆活力；只有根植现实生活、紧跟时代潮流的文艺事业，才能繁荣发展。

为了谁、依靠谁、我是谁，是社会主义文艺事业的关键要素。文艺要热爱人民。有没有感情，对谁有感情，决定着文艺创作的命运。爱人民，要爱得真挚、爱得彻底、爱得持久。把人民的冷暖、人民的幸福、人民的喜怒哀乐时刻放在心头，把对人民的热爱倾注笔端，用心用情用功抒写人民、描绘人民、歌唱人民。文艺要反映好人民心声。文艺创作要坚持以人民为中心的创作导向，把人民作为文艺表现的主体，着力刻画最美人物，真情讴歌奋斗人生。文艺的繁荣发展要紧紧依靠人民。人民是历史的创造者，是文艺审美的鉴赏家和评判者。充分尊重人民的历史主体地位和首创精神，深刻认识和把握“坚持人民至上”的伟大历史经验，把“一切成功都归功于人民，一切荣耀都归属于人民”牢牢记在心间，为人民创作，为时代放歌，让文艺的百花园永远为人民绽放。

为人民抒写、为人民抒情、为人民抒怀，彰显社会主义文艺的人民情怀。在党的领导下，社会主义文艺高举人民旗帜，致力于创作更多满足人民文化需求和增强人民精神力量的优秀作品，生动彰显社会主义文艺的人民情怀。只要把握了这个立足点，就能准确把握党性和人民性的关系、政治立场和创作自由的关系，就能真正做到创作为了人民，紧紧依靠人民，深深热爱人民。站在新的历史方位，只有牢固树立马克思主义文艺观，坚持以人民为中心的创作导向，从时代之变、中国之进、人民之呼中提炼主题、萃取题材，把思想和情感统一起来，把胸怀和创意对接起来，真情展现中华历史之美、山河之美、文化之美，新时代文艺才能发挥最大正能量。只有坚持与党同心同德，与人民同向同行，始终把为人民服务作为文艺工作者的天职，才能在具体工作中站稳人民立场，不负时代，不负人民。

牢牢把握人民立场的实践路径

真正做到以人民为中心，推进新时代社会主义文艺繁荣发展，要牢牢把握人民立场的重点方向。为此，要更加紧密地团结在以习近平同志为核心的党中央周围，自觉承担起举旗帜、聚民心、育新人、兴文化、展形象的使命任务，在培根铸魂上展现新担当，在守正创新上实现新作为，在明德修身上焕发新风貌，为实现中华民族伟大复兴的中国梦提供强大的价值引导力、文化凝聚力和精神推动力。

伟大事业需要伟大精神。习近平总书记指出："一个民族的复兴需要强大的物质力量，也需要强大的精神力量。没有先进文化的积极引领，没有人民精神世界的极大丰富，没有民族精神力量的不断增强，一个国家、一个民族不可能屹立于世界民族之林。”广大文艺工作者应当把思想和行动高度统一起来，深刻把握民族复兴的时代主题，把人生追求、艺术生命同国家前途、民族命运、人民愿望紧密结合起来，以文弘业、以文培元，以文立心、以文铸魂，把文艺创作写到民族复兴的历史上，写在人民奋斗的征程中。广大文艺工作者应当自觉担当新时代赋予的历史使命，勇于回答时代课题，从当代中国的伟大创造中发现创作的主题、捕捉创作的灵感，深刻反映时代的历史巨变；应当勇于记录新时代、抒写新时代、讴歌新时代，全方位全景式展现新时代的精神气象，为时代画像，为时代立传，为时代明德。

伟大精神感召伟大创新。创新是文艺的生命，广大文艺工作者应当把思想和行动高度统一起来，深刻领会文艺创作的价值意蕴，把创新精神贯穿文艺创作全过程，增强文艺原创能力，努力创作无愧于伟大时代的优秀作品。应当把握好传承和创新的关系，让中华优秀传统文化成为文艺创新的重要源泉，用跟上时代的精品力作开拓文艺新境界；应当把艺术创造力和中华文化价值融合起来，把中华美学精神和当代审美追求结合起来，激活中华文化生命力，创作生产出更多传播中国当代价值观念、体现中华文化精神、反映人们审美追求的优秀作品，把最好的精神食粮奉献给人民。

伟大创新铸造伟大灵魂。新时代文艺坚守艺术理想，追求德艺双馨，肩负成风化人的社会使命。文艺战线应当坚持弘扬正道，为历史存正气、为世人弘美德，为党和人民的文艺事业明德修身。广大文艺工作者应当把思想和行动统一起来，树立大历史观、大时代观，把握历史进程和时代大势，弘扬以爱国主义为核心的民族精神和以改革创新为核心的时代精神，弘扬伟大建党精神，唱响时代主旋律。广大文艺工作者应当把爱国主义作为文艺创作的主线，引导人民树立和坚持正确的历史观、民族观、国家观、文化观，增强做中国人的志气、骨气、底气。应当抒写中国人民奋斗之志、创造之力、发展之果，反映中华民族的千年巨变，揭示百年中国的人间正道。应当珍惜自己的社会影响，努力用高尚的操守和文质兼美的作品立德树人、培根铸魂。

《光明日报》2022 年 6 月 29 日第 6 版

拓展阅读

心中有人民：文艺创作的根本与源泉

王　宇

社会主义文艺从本质上讲是人民的文艺。新时代的文艺创作者应积极主动扛起时代的责任，挖掘底蕴深厚的优秀传统文化、展现波澜壮阔的当代民族精神，提供浸润心田、启迪心智的优质作品。近年来，新疆各族文艺工作者创作编排的活力竞相迸发，致力于从凡常生活处发现美好，涌现出一大批思想内容好、艺术特色浓、有市场潜力的艺术精品。

为谁服务是文艺的首要问题，决定着文艺的方向、性质和价值。优秀文艺创作的源泉是人民。新时代的文艺创作要把人民放在最重要位置，为人民服务，为时代的发展和进步服务，为国家战略和中国梦的实现服务。

当代文艺作品的创作，当与时代同频，与人民共振。作为时代的产物，文艺随着民族兴衰、国运沉浮，其发展受到时代的深刻影响。任何一个时代的文艺，只有同国家和民族紧紧维系、休戚与共，真正把人民作为文艺的主人公，才能契合时代的鼓点，发出振聋发聩的声音。文艺创作者要坚持

拓展阅读

人民性，持守人民立场，融入人民生活，把人民作为文艺的“剧中人”，积极反映人民的心声，塑造人民形象，唯有如此，才能在感知人民生活的“热度”中，创作出有“温度”的时代作品。

近年来，新疆艺术创作的主流是用身边人的感人故事作为创作源泉，尤其是让一些大家耳熟能详的榜样人物的故事感动更多各族群众。前几年拍摄完成的电影《我的阿恰》原型为尤良英，电影《杰米拉》原型为李元敏，电影《花儿为什么这样红》是以拉齐尼·巴依卡一家三代守边护边的事迹改编而成，音乐剧《守界人》根据全国“时代楷模”魏德友的先进事迹改编创作。

人民对美好生活的向往，就是我们党的奋斗目标，也是中国特色社会主义各项事业的集中指向。深入生活，扎根人民，绝不是简单采采风、谈谈天。文艺工作者只有在情感上视人民为亲人，才能真正做到想人民所想、急人民所急，才能真正实现为人民抒写、为人民抒怀、为人民抒情，作品也才能真正具有感动人心的力量，才能真正为人民呈现更加美好的前景、展现更加光明的未来。

讴歌生活中的感人故事、英雄事迹，要切实处理好文艺的真实性与倾向性关系。不能“为了观念的东西而忘掉现实

拓展阅读

主义的东西”（恩格斯语），同时也不能忽视文艺的倾向性，因为文学家、艺术家“有责任告诉人们真实的历史，告诉人们历史中最有价值的东西”，应当在对真实性的不断描绘、挖掘中，显现创作者的立场、世界观和强烈的情感。一切经典文艺作品所透视的真实性，绝不是对社会生活简单的摹写和反映，而是紧紧抓住时代，对生活现实高度提纯，在融入创作者对时代本质的深邃洞见中，在对艺术卓越性、审美理想和人文价值的观照中，传递出对外部世界的深刻关切。

以生活的底气、时代的热气，创作出与民族精神匹配的黄钟大吕、扛鼎之作，为新时代留下浓墨重彩的作品，是当代文艺工作者的重要使命。

25

书写不负人民的精品力作

赵 捷

十年来，作为记录时代发展和社会变迁的媒介文本，纪录片紧扣时代脉搏，以高质量作品满足人民精神文化需求。

面对重大时间节点、重大历史事件，纪录片人倾情记录，为时代留下生动影像。2021 年，在庆祝中国共产党成立 100 周年之际，国家广电总局按照“找准选题、讲好故事、拍出精品”的工作要求，悉心指导、全力推动《诞生地》《百炼成钢：中国共产党的 100 年》《风华正茂百年青》等建党百年主题创作。此外，在央视播出的《绝笔》《美术经典中的党史》《山河岁月》等，北京台播出的《红色记忆：365 个党史瞬间》《播“火”——马克思主义在中国的早期传播》，浙江台播出的《红船领航——百年浙江潮》等党史题材纪录片，以小故事观照大历史。《青春正当时》《闪耀的平凡：青春接力》

等一批作品聚焦青年群体，展现不同历史时期中国共产党红色血脉的赓续，受到年轻人的关注。这些作品既是建党百年主题宣传的重要力量，也成为全社会开展党史宣传学习教育的生动影像教材。

在全面立体呈现决战决胜脱贫攻坚时代进程的众多纪录片作品中，《脱贫大决战——我们的故事》生动诠释国家扶贫实践；《中国减贫密码》将视野拓展至国内外扶贫规律与经验案例；《跑好最后一公里》则深度记录脱贫攻坚“最后一公里”的鲜活事迹。这些纪录片以强烈的纪实性、故事性和情感震撼力，将纪录片创作推上新高度。

面对新冠肺炎疫情，纪录片人第一时间深入抗疫现场，用镜头记录下一个个惊心动魄的抗疫故事。《同心战“疫”》《今日龙抬头》《金银潭实拍80天》《一级响应》《又见炊烟》等一大批纪录片向全世界展示了中国人民众志成城、共克时艰的民族精神。

为纪念中国人民志愿军抗美援朝出国作战70周年，纪录片人行动起来，推出《为了和平》《抗美援朝保家卫国》等作品，回望艰苦卓绝的历史、深情缅怀英雄先烈，极大地激发了全民族的爱国热情。

2022年，北京冬奥会激发着纪录片创作的热情，有力推动了中国体育题材纪录片的跨越。《我为冬奥制战衣》《智慧冬奥》《筑梦冰雪》等，为观众深入了解冬奥会、走近冰雪运动打开了影像窗口。

这十年来，纪录片创作还在拓展题材的广度和多样性上下功夫。《百年巨匠》《西泠印社》《中国》《王阳明》等通过电影化的拍摄手法，贯通人文历史，展现丰厚中华文化积淀；《科学的力量》《智造美好生活》等展现科技进步为普通人生活带来的改变；《蔚蓝之境》《东向大海》等展示人与自然和谐共生；还有《舌尖上的中国》《风味人间》《水果传》等美食文化类纪录片宣扬中国美食文化，让纪录片在年轻人中破圈，让观看纪录片成为潮流与时尚。

纪录片在艺术表达上不断探索新的创作手法和叙事方式。《你好AI》《如果国宝会说话第三季》等使用 8K 摄影机拍摄，容纳更丰富的拍摄内容。《航拍中国》将空中俯瞰和微观近距离拍摄相结合，全景式呈现美丽中国。还有运用微距镜头的《水果传》，采用超微观摄影、显微摄影的《风味人间》等，进一步突破纪录片表达边界，以高新技术营造出独特的视觉体验。

在国际传播交流方面，纪录片通过多种途径，使中国故事、中国精神更好地走向世界。《柴米油盐之上》以中国的飞速发展为大背景，讲述普通人逐梦小康的故事;《活力密码》以国际叙事语态全景展现中国共产党筚路蓝缕、矢志不渝的奋斗历程;《行进中的中国》关注当代中国在发展过程中如何应对各种难题和考验。

中国纪录片发展的十年，是积极进取的十年，是守正创新的十年，是加速发展的十年，是不负时代使命的十年。立足当下，面向未来，纪录片创作者们要进一步增强责任感、使命感，找准自身在时代大势中的定位、在历史长河中的航标，义不容辞担当起构筑中国精神、中国价值、中国力量的历史责任与担当。把培育和弘扬社会主义核心价值观作为根本任务，把爱国主义作为主旋律，坚守中华文化立场，传承中华文化基因，赋予作品强烈的思想穿透力、价值影响力。聚焦新时代、新思想、新征程挖掘选题，准确把握时代大势，把反映新时代作为重中之重，用影像书写不负人民的精品力作。

《光明日报》2022 年 11 月 16 日第 15 版

拓展阅读

文艺的百花园为人民绽放

王广生

《人世间》以周家三兄妹的生活轨迹为脉络，书写了一部当代中国人奋斗不息的生活史诗；《山海情》以闽宁镇为原型，展现闽宁两地持续20多年携手扶贫、奋力脱贫的不凡历程。

现实题材电视剧口碑收视双丰收启示着文艺创作者，只有观照人民的生活、命运、情感，表达人民的心愿、心情、心声，立足中国大地、立足火热实践，才能创作出在人民中传之久远的精品力作。文艺为什么人的问题，是一个根本的问题，原则的问题。

习近平总书记指出："社会主义文艺，从本质上讲，就是人民的文艺。"文艺要反映好人民心声，就要坚持为人民服务、为社会主义服务这个根本方向。这是党对文艺战线提出的一项基本要求，也是决定我国文艺事业前途命运的关键。源于人民、为了人民、属于人民，是社会主义文艺的根本立场，也是社会主义文艺繁荣发展的动力所在。近年来涌现的

拓展阅读

一大批优秀文艺作品启示我们，创作出反映“时代之变、中国之进、人民之呼”的优秀作品，离不开人民立场。

人民是文艺创作的源头活水，人民的需要是文艺存在的根本价值所在。一切轰动当时、传之后世的文艺作品，反映的都是时代要求和人民心声。鲁迅先生曾以“杭育杭育”的劳动号子为例，强调群众的劳作对于文化起源的意义。《诗经》中反映农夫艰辛劳作的《七月》、探索宇宙奥秘的《天问》、反映游牧生活的《敕勒歌》、歌颂女性英姿的《木兰诗》等，都是从人民生活中产生的。只有扎根人民，创作才能获得取之不尽、用之不竭的源泉。

一部好的作品，应该是经得起人民评价、专家评价、市场检验的作品，应该是把社会效益放在首位，同时也应该是社会效益和经济效益相统一的作品。文艺不仅是一种精神力量，是一种社会文化影响力，也是中华民族伟大复兴的动力源泉之一。因此，文艺必须用正确价值观滋养人，以具体生动的艺术形象和审美意象启迪人，并把人民满意不满意作为检验艺术的最高标准，创作更多满足人民文化需求和增强人民精神力量的优秀作品，让文艺的百花园永远为人民绽放。

习近平总书记强调：“广大文艺工作者不仅要让人民成为作品的主角，而且要把自己的思想倾向和情感同人民融为一

拓展阅读

体，把心、情、思沉到人民之中，同人民一道感受时代的脉搏、生命的光彩，为时代和人民放歌。”对文艺工作者而言，文艺创作的方法有很多，但最根本、最关键、最牢靠的办法是扎根人民、扎根生活。赵树理之所以被誉为描写中国农民的“铁笔圣手”，是因为他关注时代、关注现实、关注民生，生动再现了中国农村的巨大变革。《创业史》的作者柳青、《平凡的世界》的作者路遥，都是为了文学理想而深入群众生活。从时代的脉搏中感悟艺术的脉动，把艺术创造向着亿万人民的伟大奋斗敞开，向着丰富多彩的社会生活敞开，才能创作出无愧于我们这个伟大民族、伟大时代的优秀作品。文艺工作坚持以人民为中心的创作立场，就是对作为历史创造者、时代创造者的人民献上的崇高礼赞。

26

用心书写新时代的新故事

许苗苗

网络文学一向以描绘幻想见长，随着信息技术加剧虚拟与现实交融，网络文学也进入更广泛大众的阅读视野，着手构筑反映现实、映照生活的新世界。

“礼赞新时代 奋进新征程”优秀网络文艺作品展示活动，集中展示了30余部近年来网络文学领域的现实题材佳作。其中有获得“中国出版政府奖”的《大国重工》，有代表“中国网络文学20年20部优秀作品”成就的《大江东去》，有入选“优秀现实题材和历史题材网络文学出版工程”的《情暖三坊七巷》，有名列“庆祝新中国成立70周年”主题网络文学作品名单的《浩荡》和《朝阳警事》等，其他作品也在各类评选中屡获殊荣。这些作品集体亮相，不仅展示出当前现实题材网络文学的最高水平，也预示着网络文学逐步摆脱天马行空、情感冲动的少年气，向胸襟开阔、丰富包容的成熟状态迈进。

显示出“时代文”“强国文”的总体基调

现实题材网络作品关注大时代的大境界。记录时代节点的《浩荡》《巨浪！巨浪！》，回顾大国征程的《大国重工》《强国重器》，展现行业风云的《北斗星辰》《网络英雄传》等，显示出“时代文”“强国文”的总体基调。

改革开放40余年，时代浪潮激励人们奔涌向前，网络作者敏锐地捕捉这种争先恐后的情绪，创造出以城市面貌变迁为背景、将人物命运与地方发展紧密结合的“时代文”。《浩荡》以改革开放40年深圳发展为线索，通过几名青年的闯荡，展现特区腾飞经济环境赋予平凡个体的不凡机遇。《南海一家人》中，老大从作坊学徒到进入国企却遭下岗，无奈创立品牌终成国货龙头的经历，表明个人命运离不开改革的推动。《巨浪！巨浪！》里的年轻人因建设大湾区结缘，《不负韶光》则展现出浦东大发展为彷徨青年提供实现自我的契机。追赶时代浪潮的人们，周身洋溢着奋发向上的热情。

“强国文”的重点是祖国各行业筑基铺路的建设征程。文学虚构让位于大量历史事件和行业记录。《大国重工》《强国重器》《重卡雄风》《铁骨铮铮》《北斗星辰》等，故事情节沿着我国重型工业、电力装备、航天、高铁等领域发展脉络展开。通过对历史节点性大事件的回顾，营造时代氛围，展现社会风貌，嵌入了大量行业素材和数据资料，使小说充满“硬知识”，甚至近似报告文学或行业发展史。如《大国航空》对国产战斗机的参数、性能等悉数罗列，《共和国医者》详细展现医务工作者记录、诊断病情的流程。这种手法同样出现在“行业文”中。《网络英雄传》中涉及的创业、博弈和金融对决等内容都是作者亲历，营销案例曾经进入课堂，财经报道式的语气使小说更具说服力，甚至被网民看作“创业实操宝典”。可见，以数据、材料、参考书入文，是网络写作增强叙事真实性的一种策略。

在追求大格局的“强国文”“时代文”“行业文”中，人物扮演见证者、记录者、传承者的角色。以《大国航空》为例，主角是20世纪70年代末入伍的试飞员，30余年军旅生涯中的考验都对应着我国战机研发的换代升级。篇末主人公老去，其子却试驾着全新的“舰载机”再次腾空，这种人与人之间的传承贯穿了宏大主题。重振《重卡雄风》的，是生来就是重卡人的“厂三代”；制造《强国重器》的技艺，来自师傅手把手亲传；《铁骨铮铮》的主角，也在高铁建设中完成了情同慈父的师傅的遗愿……在现实题材网络小说里，个体生命的升华表现为父子、师徒之间的血脉和技艺传承，也表现为不计成本的忘我投入和争分夺秒的不懈追求。

描摹人间百态，记录生活景观

大国强音的主调之下，少不了各行业人群的合奏齐鸣。在时代远景速写之外，网络作家尤善近距离观察人事与情感的微妙波折。《桃李尚荣》《特别的归乡者》《故巷暖阳》等深入一线描摹世间百态，《情暖三坊七巷》《你与时光皆璀璨》则拓展时空记录生活景观。

不同的角色千百张面孔，每一位都个性分明，为恢宏的事件填充有血有肉的小细节。

由于网络小说在线连载周期长，需要积极营造代入感，获得读者对角色的认同，才能保证长期持续的关注。男主角建功立业的“爽”，女主角情感互动的“甜”，是网络文本增强代入感、引发快感的秘诀。《中国铁路人》里的山里娃白玉传勤学苦练，成为铁路系统高级工程师。《大国战隼》中的李战有勇有谋，成为首批海上夜降的卓越飞行员。读者的满足感既来自角色乐观向上不服输的精神，也来自他们所向无敌、进步升级的“爽感”。而在《写给鼹鼠先生的情书》《月亮在怀里》《明月度关山》等文中，男女主角的情感与职业使命召唤相呼应，使网络言情更加扎实充盈。

让开局不利的主角不断进步是网络小说的定式，现实类网文的“爽”以真切的付出、合理的回报带来满足。如支教文虽有“教育改变命运、医疗救死扶伤”的大框架，但不同故事的主角都展现出踏踏实实想办法的特点。《桃李尚荣》中曾因老师悉心教导跳出农门的少年返乡执教，现身说法地让受惠于教育者以教育回报社会。《山人行》里的支教大学生“从娃娃抓起”，通过拓宽乡村儿童的视野最终扭转村民的成见。与之相似，《特别的归乡者》中脱贫攻坚的手段并非给钱给技术，而是改变观念、树立决心，以灵活头脑和丰富经验回馈乡亲。同是归乡者，《幸福在家理》中厌倦大城市忙碌生活的女主人公回家乡开客栈，在北京冬奥会召开之际为迎接全世界的游客再度忙碌起来。与他们同行的，还有志存高远、成为榜样的《女机长》，有《蹦极》里口若悬河、处变不惊的外交官，以及在《2.24 米的天际》画下漂亮弧线的女排姑娘……

差异化时空拓展小说纵深，也丰富小说的人物面貌。《情暖三坊七巷》从福建美食“肉燕”入手，引出食肆老板与海外华侨的情感纠葛，在乡音乡情家乡味中凝聚海外赤子的拳拳之心。《敦煌：千年飞天舞》里的女孩开发出丝绸之路文创，《你与时光皆璀璨》主角在创新苏绣的过程中找到了自我价值。

网络作者没有忽略现实中平凡的小人物。《朝阳警事》《故巷暖阳》在片警、社工平凡琐碎的喜怒哀乐中，烘托社会安定的大格局。《老战士》则把目光投向不甘遛鸟弄孙，只想发挥余热的老年群体。在作品温情又不失诙谐的笔调中，每个人物都有温度和色彩。

由稚拙走向成熟，由激情走向理性

当前越来越多的网络文学作品有着强烈的现实关切，越来越多的作家表现出主动承担社会责任的意愿，“礼赞新时代 奋进新征程”优秀网络文学作品，正体现出当前网络文学由稚拙走向成熟、由激情走向理性的面貌。

这种转变主要体现在以想象手法表达社会现实。现实题材其实并不排斥想象，既然想象源于现实，也必然能够折射现实。与以往作品把想象作为服务个人欲望工具不同的是，当前的现实类网文中，幻想成为营造双重视角的手法。如《大国重工》利用穿越让主角切身体会重工行业初创期的艰难，《长乐里：盛世如我愿》里的穿越则以今天上海的繁华告慰革命先驱的英灵。现实题材里以穿越重生形成视野互文，恰当处理现实与想象的关系，是网络写作日趋圆满娴熟的标志。

网络文学的转变不仅有手法创新和眼界提升，也表现在参与人群的面貌上。虽然网文新增用户仍以青少年为主流，但名作背后的名家却不乏经验老到的群体，《蹦极》作者已经退休，《大国重工》出自高校教师之手，《大江大河》则凝聚着知名企业家的丰富阅历。一些高校先后设立网络文学、新媒体创意写作等专业，意味着早先年轻人游戏聊天之余的消遣式创作，已不再满足网络文学的产业需求。作为网络文艺创意链源头的网络文学，已从即兴产出、模仿衍生，日益转为以知识、阅历和专业素质为基础的原创写作。

曾经以玄幻、热血打开网络文学知名度的网络作家已经认识到，商业化套路的自我重复难出新意。一些以玄幻见长的作者有意跳出舒适区，向更有难度和新鲜感的现实题材转型。由青春幻想起步的网络作家，风格的转变源于眼界的广度和思维的深度。在他们的新故事里，解决问题依靠的是脚踏实地和锐意创新。

多年来的创作成果和同步现实的新鲜动态，赋予如今的网络文学去粗取精、开拓创新的底气。人间百态化作网上春秋，网络文学借新媒介平台的新语汇，用心书写当代中国的新故事。

《光明日报》2022 年 11 月 25 日第 16 版

拓展阅读

热忱描绘新时代是网络文学的使命所系

何　弘

2022年4月，国家新闻出版署启动2022年优秀现实题材网络文学出版工程评选工作，推动网络文学描绘新时代新征程，以新风貌新作为迎接党的二十大胜利召开。中国作协此前发布《2022年度中国作家协会网络文学选题指南暨重点作品扶持征集通知》，明确将新时代山乡巨变、科技创新和科幻、中华民族伟大复兴、人类命运共同体、优秀历史传统等主题作为扶持重点。其他如中国网络文学影响力榜等表彰、扶持等，也都有一个明确的导向，即鼓励引导网络文学反映新时代新征程的伟大实践，塑造时代新人形象。

近年来，通过正确引导，网络文学现实题材创作不断加强，涌现出诸如《大江东去》《大国重工》《浩荡》《重卡雄风》《朝阳警事》《上海繁华》《大山里的青春》《特别的归乡者》《旷世烟火》等一批优秀的作品。总体来看，虽然近年来网络文学现实题材创作数量和质量都有较大幅度提升，但无论是作品的表现能力还是影响力，仍然有较大的进步空间。

拓展阅读

把网络文学的通俗易懂转化成人民群众的喜闻乐见

影响网络文学现实题材创作水平提高的因素有很多，其中重要的一点就是很多人至今仍顽固地认为：反映现实不是网络文学之所长，也不是网络文学发展的目的和方向；网络文学是自由放飞想象的天地，应该以满足大众的娱乐需求为第一要务，写“快文”“长文”“爽文”，玄幻、修真、仙侠、穿越、悬疑、言情等类型小说才是真正的网络文学。一些人甚至认为，传统文学遵从的是现实逻辑，而网络文学遵从的是游戏逻辑，这是二者的根本区别所在，壁垒森严，不可调和。

正因如此，很多现实题材网络文学作品，包括一些有较大影响的作品，都过度依赖穿越、重生、金手指、赋能等，总是用超现实的手段解决现实问题。这样做并非完全不可以，但过度依赖这些超现实手段，就会回避问题的复杂性、艰巨性，使问题的解决变得轻易、随意甚至儿戏，作品读起来确实爽了，但也因此缺乏强劲的精神力量。更等而下之的，则是搞出抗日神剧、随手掏出几千万现金之类荒腔走板的东西。

当然也有一些作品就创作手法来讲，走的完全是传统文学的路子。这类作品在人物塑造上和其他网络文学作品一

拓展阅读

样，注重情节推动，善讲故事，其他基本和传统文学创作一致，但在人物形象塑造、精神开掘等方面，与传统文学相比仍存在不小差距。

新时代新征程是当代中国文艺的历史方位。中国作协把推动新时代文学高质量发展作为今后一个时期工作的重点，组织实施“新时代山乡巨变创作计划”和“新时代文学攀登计划”。网络文学要真正成为新时代文学当之无愧的重要组成部分，必须以强烈的历史主动精神承担新时代新使命，书写新时代、讴歌新时代，把网络文学的通俗易懂转化成人民群众的喜闻乐见，把网络文学的人多势众转化成建设文化强国的众志成城。

加强现实题材创作，是网络文学承担新时代新征程使命任务的必然要求。网络文学反映现实、观照现实，解决现实问题、回答现实课题，一味遵从游戏逻辑显然是不行的。简单地追求爽感，总是以幻想的方式处理现实问题，这是不成熟的表现。网络文学如果一直以这样的观念、思维、方式支配创作，将永远是“长不大的孩子”。因此，网络文学要更好地反映新时代，必须改变一味遵从游戏逻辑的状况，在不背离“网络性”的基础上，尊重现实逻辑，提高反映现实的能力。

拓展阅读

以高水平的网络文学作品反映新时代，需要广大网络作家自觉坚守人民立场，努力提升作品的精神高度。要真正树立以人民为中心的文学观，用心用情用功书写新时代人民群众的新生活、新情感、新故事，把有筋骨、有道德、有温度的东西表现出来。总体来说，目前网络文学创作呈现出向上向善、积极传播正能量、弘扬社会主义核心价值观的良好局面，但仍有部分网络文学作者以消遣的态度、游戏的逻辑对待创作，调侃人民、割断血脉、凭空虚造等现象时有出现，历史虚无主义、“耽美”等不良文化，炫富、“躺平”等错误倾向，仍未绝迹，有的甚至引导了阅读风气。这就要求网络作家进一步提高认识，保持清醒，坚决摒弃畸形审美倾向，积极塑造厚重、刚健、先进、质朴的时代新人形象，提高网络文学作品的精神高度、文化内涵和艺术价值，使人民在精神生活上更加充盈起来。

结合网络文学特点，以现实主义+浪漫主义的美学风格，展现壮阔的时代进程

网络文学描绘新时代，要着力展现新时代的历史性成就和历史性变革。

实施乡村振兴战略，是建设现代化经济体系的重要基

拓展阅读

础、建设美丽中国的关键举措、传承中华优秀传统文化的有效途径、健全现代社会治理格局的固本之策、实现全体人民共同富裕的必然选择。新时代乡村振兴将给中国农业、农村、农民面貌带来新变化。网络文学应该主动担当，自觉参与这个伟大的历史进程，展现党团结带领全国各族人民如期打赢脱贫攻坚战、全面建成小康社会等人间奇迹，反映新时代的山乡巨变。

科技创新为贯彻新发展理念、构建新发展格局、实现高质量发展提供强大支撑，使中国经济社会发展不断取得举世瞩目的辉煌成就，极大地改善了民生，增进了人民福祉。在创新、协调、绿色、开放、共享发展理念的指导下，青山绿水福泽中华，“一带一路”造福世界，“五位一体”协调发展使人民群众的获得感、幸福感、安全感大大提升。这些都是网络文学现实题材创作的宝贵资源。

新时代新征程，中国人民的拼搏奋斗和实践创造振奋人心。优秀共产党员忠诚坚守、扶贫干部担当奉献、抗疫先锋无畏大爱、运动健儿拼搏进取、亿万农民辛勤耕耘、产业工人踏实勤勉、科技工作者攻坚克难、互联网从业者创新创造、快递小哥等新兴行业从业者不辞劳苦……各行各业奋斗故事层出不穷，网络文学要满怀热忱积极塑造时代新人形象。

拓展阅读

中华优秀传统文化为建设社会主义文化强国提供强大的精神引领和文化支撑，新时代广大文艺工作者为激活中华文化生命力所进行的生动实践同样值得大书特书。网络文学要努力讲好汲取传统智慧，以史鉴今、资政治国的故事；讲好文化保护与传承的故事；讲好新时代文化在继承中创新与发展的故事；讲好塑造可信、可爱、可敬中国形象的故事。

网络文学承担表现新时代的使命任务，仅有参与的热情和愿望还远远不够，需要下大力气提升创作质量，结合网络文学的表现特点，以现实主义和浪漫主义相结合的美学风格，展现壮阔的时代进程、塑造时代新人的典型形象。网络文学要守正创新，既保持“网络性”，适应互联网特点，又要接续起文学的精神血脉，努力开辟新境界。

网络文学是适应互联网特点诞生的文艺新样式，是新时代文学的重要生力军。新时代文学高质量发展，网络文学是重要一极。提升现实题材创作能力和水平、热忱描绘新时代是网络文学的使命所系与价值所向。